نيران توبقال

رواية

نيران توبقال

فيصل الأنصاري

دار جامعة حمد بن خليفة للنشر
HAMAD BIN KHALIFA UNIVERSITY PRESS

دار جامعة حمد بن خليفة للنشر
صندوق بريد 5825
الدوحة، دولة قطر

www.hbkupress.com

جميع الحقوق محفوظة.

لا يجوز استخدام أو إعادة طباعة أي جزء من هذا الكتاب بأي طريقة دون الحصول على الموافقة الخطية من الناشر باستثناء حالة الاقتباسات المختصرة التي تتجسد في الدراسات النقدية أو المراجعات.

الطبعة العربية الأولى عام 2022

الترقيم الدولي: 9789927161223

تمت الطباعة في الدوحة-قطر.

مكتبة قطر الوطنية بيانات الفهرسة – أثناء – النشر (فان)

الأنصاري، فيصل، مؤلف.

نيران توبقال / فيصل الأنصاري. الطبعة العربية الأولى. – الدوحة، دولة قطر : دار جامعة حمد بن خليفة للنشر، 2022.

264 صفحة ؛ 22 سم.

تدمك: 978-992-716-122-3

1. القصص العربية -- القرن 21. 2. الروايات. أ. العنوان.

PJ7914.N7375 N57 2022
892.737– dc23

202228482529

المحتويات

الفصل الأول: ربيع 1565 13
أملي الواعد........ 14
وجدتُ فيهِ ضالَّتي 18
ولكن لا تَعُدْ 20
عظامه بعضٌ من عظامي 23
انعقادٌ تام 25
هل أنتَ مُستعدٌّ؟........ 29
كنتُ وحشًا كاسرًا 31
لا تخيِّب ظنَّ والدك 34

الفصل الثاني: خريف 1610 35
الشرط الصعب 36
شمس الزمان 40
هذا الشيء لا يمزح 42
شاهدت ما يكفي 46
ماذا تستفيد؟........ 51
إذا هبَّت رياحك.. 54

بدايةٌ جَيِّدَة	57
تكاد تتطابق	59
لم أقصد الإساءة	61
تراجعت صاغرة	64
هدية كبرى	69
فاصدع بما تؤمر	75
الغلبة لمن؟	81
الفصل الثالث: صيف 1613	**85**
خَلْفَ ذلك الْأُفُقِ	86
إنها خمسون قطعة ذهبية	89
أقصى غرب الدنيا	92
لا تستهويني	94
كدت أنسى	101
سيتخلص مني	102
بعض القسوة	104
أين ذهب عقلي؟!	106
عمائم زرقاء	107
يصعب علاجه	113
خيالٌ باهت	115
خالية الوِفَاض	120
من طبقة الأتباع	123

الفصل الرابع: بدايات خريف 1613	127
لن أصبر مجددًا	128
نعرف قافلتك	130
لا تدَّعي الجهل	133
قرَّت عيناك	135
بمعيَّة مرَّاكش	138
الوجهة تستحق	148
أنتم الباقون	159
أربع عتبات	162
لا تَمَلِّي	169
إلى قصر البديع	171
أرْوَاحًا قلائل	175
لعلَّنا استعجلنا	178
فماذا بقي لي؟	181
تتلاعب فيها الخيالات	184
لم يكن يكفي!!	187
حافظ على هدوئك	194
أسديت لك خدمة	196
يا لك من ذكي	199
لم يختر الذَّهاب	204
ماذا دهاك؟	207
إلى هنا وكفى	209

الفصل الخامس: نهايات خريف 1613 213	
قبل فوات الأوان 214	
موقفك هذا لن أنساه 222	
عبر ذلك الفضاء 225	
لكنهم لا يعلمون 228	
على غير موعد 230	
مخطوفة اللون 234	
يوشك أن ينطلق 236	
حتى لو أفلحت 239	
فلماذا الخوف؟! 241	
مثقالًا راجحًا 243	
ليس الوقتُ مناسبًا 245	
أحكمتُ قبضتي 247	
لم نسمع قرارك بعد 252	
أعرف مصيري 260	
ربما نسيت 263	

كتلة هواء ساخنة تطلق لنفسها العِنَان في أطراف الدولة السعدية، تتثنى بين جبالها، وتهيم غرورًا كُلَّمَا أخضعتْ واديًا لتدفُّق هجيرها اللافح، نسمة معتدلة تعترض طريقها محاولةً ثَنْيَها عن استكمال مسيرها المتعالي، تتدافع النسمات وتتداخل في طبقات الجو، لم تُسَلِّم إِحداهن المدى للأخرى، ولم تستحوذ على محيطها منفردة.

جِلْبَابُ الكَتّان المغاربي فاتح اللون ذو الخطوط المتعاقبة الواقفة لم يَسْلَم من تَبِعَات ذلك الصراع، ولم يَنْجُ من تلاعب الرياح بأطرافه، ها هو وقد حَوَى رَجُلًا متعجِّل الْخُطَى، غير أن ذلك لم يكن لِيَثْنِيَ الرجل عن متابعة مسيره الجادِّ.

أخيرًا يجد نفسه حيث يريد، في قرية (تامسليت) التي تختبئ بين التضاريس، محتميةً بسلاسلَ جبليةٍ متشابكة تتخذ من لون ذلك الجبل شديد الْعَتَمَة عُنْوَانًا ليدفع زائرًا قليل الحظِّ لأن يقشعرَّ بدنه من سواد مُحَيًّا تلك الكتلة المهولة فيبادر بالمغادرة مسرعًا.

الزائر الأخير لم يغادر بَعْدُ، بل شَرَعَ يحثُّ الْخُطَى، اخترق القرية بمنازلها القليلة وتوجَّه تلقاء الجبل المتدثِّر بلون الليل،

يرتقي بين حجارته، فإذا بتجويف بين ثنايا الجبل يحتضن جدارًا طِينِيًّا، ويَلْتَحِف بسقفٍ هَشٍّ من الجريد المجدول.

طَرْقَتَانِ على بابٍ خشبي رثٍّ، صوتُ احتكاك النعال بتراب الأرضية يَشِي باقتراب أحدهم مُجيبًا طَرَقَاتِ الرجل.

تَزَحْزُحُ الباب من مكانه يكشف عن ملامح ارتحلت منها معاني الإيمان والسكينة منذ زمنٍ بعيد، قَسَمَاتٌ تدعو النفس للانقباض، عَتَامَةٌ تتسلل من قلب ذاك الواقف على باب مسكنه لتملأ محاجر عينيه وتفيض على أطراف وجنتيه، عَتَامَةٌ تتنافس مع الصخور السوداء من حولها فتعود إلى صاحبها وقد كَسَبَتِ الجولة.

صاحبها الذي ينظر إلى الطارق قائلًا:

- هذا أنت يا سُفيان، كنت أتمنَّى أن لا أراك، هل أنت هنا لتبلغني بذلك الخبر؟

- نعم، وماذا سيُحضرني إلى هنا غيره؟! نعم لقد جاء خبرٌ أكيد، بالأمس شُوهِدَتِ النار تشتعل في الطرف الشرقي لجبل (توبقال)، وها أنا أحثُّ الْخُطَى ليوم كامل لأنقُلَ لك ما سمعت.. أَعلمُ بقسوة الخبر عليك فهو والدك على كل حال.. ولكن.. كان لَا بُدَّ من أن يَحْدُث ذلك في أي وقت.. المعذرة يا (داغر).

تَجْمُد التعابير في وجه داغر، ويقسو على أطراف فمه، ويُحْكِم قبضته على دواخله، ويَظْهرُ على ملامحه بعض الحزن.

- لا بأس يا سفيان.. أَعلمُ أن نار توبقال كانت ستشتعل يومًا ما لتنهي حياة والدي وتترك عظامه فحسب، أعلم أن ذلك كان اختيارَه، وها أنا أتجرّع اليوم مرارة هذا الخبر المؤلم، لا بأس.. إنما تَقْتَاتُ الأقدارُ على الآلام.

ما إن يبتعد الرجل راجعًا من حيث أتى حتى يُعِيدَ داغر باب مسكنه إلى مكانه، يُحكم إغلاقه ويعود إلى طرف داره، بحركات مُتمهِّلة يخترق أمتعته العَفِنَة المترامية في المكان، يمد يده إلى خِرْقَة مُمَزَّقة، يكرر تمريرها على بقايا مرآة مستندة إلى الحائط حتى يخلصها من بعض أتربتها، يقترب بوجه واجم، يدقق في التفاصيل من أمامه، يبقى كذلك لثوانٍ، ثم ينفجر ضاحكًا وتتفلت دواخله لتعيد رسم ملامحه الشيطانية:

- ها.. ههها.. ها ها.. أخيرًا.. هاها.. لقد رحل ذلك اللعين.. ها.. ها.. التَهَمَتْ نيران توبقال جسمَه البغيض، ولم تُبْقِ إلَّا عظامه.. هاها.. نعم عظامه.. عظام المشعوذ المتمِّم للمائة في تلك المغارة الشرقية.. هاها.. أنا لا أحلُم.. صحيح.. أنا لا أحلُم.. هاها...

الفصل الأول
ربيع 1565

أملي الواعد

لم أكن أعي الأمر حين أخبرتني أمي أنني سأتزوج من ذلك الرجل الغريب، الرجل الذي تقدم لخطبتي رغم أنه لا يعرفنا، لا يقطن في مدينتنا (فاس)، ولا تربطه علاقة بأهلي «اسمعي يا حَسَيْنَة.. الخميس القادم سيكون زفافك إلى (مراد).. ذلك الشاب ميسور الحال، وسيُسكنكِ في منزلٍ مستقلٍّ.. وقد أعطاه والدك الموافقة».

أهلي الذين أعطوا موافقتهم دون أن يكلف أحدهم نفسه عَناء مشاورتي في الأمر، صحيح أنني حينها تجاوزت السادسة عشرة بالكاد، ولكني وبعد هذه السنين ما زلت أجد في نفسي عليهم، كيف احتوت ضلوعهم قسوة كافية لدفع ابنتهم إلى تلك التَّجْرِبَة الصَّعْبَة؟! أم رُبَّمَا فقرهم وعوزهم كان هو الأقسى على الجميع.

مراد الذي أصبح زوجي لم يكن رجلًا سيئًا، قدَّر صغر سني وعاملني بلين، لكنَّ ترك أهلي في فاس والارتحال إلى بلدة بعيدة سبَّب لي شعورًا مؤلمًا بالوحشة والغربة، شعورٌ سرعان ما بدأ يتراجع بعد ولادتي لابني الأول.. نعم الأول والأخير، بدأت

استشعر فجأة إحساسًا عاليًا بالأمان والأمل، والاستعداد لأن أحمي هذا الطفل بكل ما أوتيت ومهما يكلفني الأمر.

زوجي الغريب لم يعد كما عهدته، أَخَذَتْ تتسلل إلى دواخله معاني السُّخط والقسوة، وبَدَأَتْ أمارات الإيمان تنسحب منه شيئًا فشيئًا، كُتبه وأوراقه المريبة كانت تُثير الشك في نفسي، أجزاءٌ عَفِنة لحيوانات نافِقَة طالما زَرَعتِ الخوف في دواخلي، غير أَنّي كنت أتظاهر بغفلتي عن وجودها في أطراف بيتي.

ابني الصغير (هارون) كان أملي الواعد، كنت أرى فيه أَمَانِي الحقيقي الذي لم أَعِشْهُ قطُّ، قلعتي الحصينة التي أنتظر اكتمال بنائها بفارغ الصبر لأحتمي خلف جدرانها من نِبَال الزمن الغادرة.

يكبر الولد وتكبر آمالي نحوه، يكبر ولكن المسافة بيننا وبين مراد تصبح أكثر اتساعًا، مراد الذي استحال إلى عابسٍ قذرٍ سيئ المعشر، غريب الأطوار، كنتُ قد عاهدت نفسي أن أصبر على كل شيء حتى يكبر ولدي الوحيد، ولدي الذي لم يُتِمَّ الأربع سنوات يطلبه مراد ليرافقه في رحلة زَعَمَ أنها لن تتجاوز الثلاثة أيَّام! يطلبه للمرة الأولى ولكنّه يصر على ذلك أيَّما إصرار، لم يُعِرْ محاولاتي لثَنْيِه عن اصطحاب الولد أي اهتمام، انتزعه من بين يدي بوجه غاضب وولَّى مدبرًا، أَحْسَبُه حينها قد انتزع قطعة من أحشائي.

لا أحب أن أتذكّر تلك الأيام..، كم كان وقع غياب ولدي عني مدمرًا للنفس مُنْفِدًا للصبر، أحسستُ فجأة أنني فقدت كل معنى

يستحق البقاء لأجله، نارٌ تضطرم في صدري وعاصفة هوجاء تأكل رأسي.. أيامٌ عصيبة حسبتها لا تنتهي.

أخيرًا وصل استقرار فؤادي.. وصل هارون برفقة والده، وصل فشرّعت له ضلوعي ليستقر بجوار قلبي، قلبي الذي انتظمتْ ضرباته أخيرًا، أو رُبَّمَا شَرَعَ ينبض من جديد بعد أن توقَّفَ تمامًا لثلاثة أيام.

لم أكن لأنفر من فلذة كبدي في هذه اللحظة بالذات، لكنَّ رائحة النجاسات التي التصقتْ ببدنه كانت كفيلة بأن يكفهرَّ وجهي، ويتشكل على هيئة استفهام كبير نحو مراد الذي تجاهل تعابيري، وترك المكان بوجه عابس.

رغم أن الأحرف والعبارات لم تتمكن من شفاه هارون بعدُ، إلَّا أن حديثي مع الطفل الخائف بيَّن لي أمورًا صادمة، صادمة لدرجة أنها كادت تفقدني اتزاني وقدرتي على احتواء الأمور، لقد أَذْهَل عقلي أن الولد قد غُسِّل بالنجاسات، وأن طائرًا قد نُحِرَ فوق رأسه وسط طقوس مريبة حتى سالت الدماء على أذنيه ورقبته، كما أن كتابًا -إخالُني أعرفه- قد مُزِّق تحت قدميه.

أَخَذَتِ الدنيا تلف من حولي، وسواد العالم يستحوذ على تفكيري نحو ما تخبئه لي الأيام المقبلة.. غير أنِّي رفضت حينها أن أستسلم لقتامتها.

قررت أن أغتنم الفرصة الأقرب لأفرَّ أنا وهارون، أنا وأماني

القادم، أنا وفرصتي الوحيدة.. أفرّ وأترك ذلك الرجل اللعين.. أترك عديم الإيمان والكرامة ذاك.. نعم سأتركه مهما يكلِّف الأمر.

لا أعلم حينها من أين أتتني كل تلك الجرأة والشجاعة؟! اغتنمت فرصة غيابه فارتقيت دابتي فجرًا ووضعت طفلي في حِجْرِي.. خلال بضع ساعات كنت على أطراف بلدة (إفران)، كم كنت محظوظةً في ذلك اليوم بأن صادفتُ مجموعة مرتحلة يكسوها الوقار والمروءة، وافَقَتِ المجموعة على أن تضمَّ بغلتي إلى مسيرها نحو فاس، رغم شعوري بإرهاق الدابة في ذلك اليوم إلَّا أن نفسي الأكثر إرهاقًا اختارت أن تتمادى في قسوتها على تلك البغلة حتى توصلني إلى بيت عائلتي في أطراف فاس.

مَرَّة أخرى يبتسم لي الحظ، فوصولي إلى فاس ليلًا أمَّن لي دخولًا مستترًا، الشوارع والأَزِقَّة شبه خالية، تسرَّبتُ خلال شرايين فاس دون أن يعلم أحد بوصولي إلى حيث أريد.

فرحة أهلي بعودتي وفجيعتهم بما رويته لهم على حَدٍّ سَوَاء كلاهما كان أمرًا متوقعًا، غير أني لم أتخلَّص من ذلك الكابوس المَقيت بَعْدُ، فقد كان من المتوقع أن يأتي مراد إلى بيت أبي في أي وقت ويطلب عودتي أنا وهارون فورًا؛ الأمر الذي لن يستطيع أهلي البسطاء مجابهته.

أخي الأكبر الذي لن أنسى صنيعه ما حييت انسحب بي والطفل من فاس قبل أن تشرق الشمس، انسحبنا إلى قريةٍ قريبة انتظارًا لهدوء العاصفة التي سيُثيرها مراد لأهلي في فاس.

وجدتُ فيهِ ضالَّتي

كيف كانت تُخفي حسينة كل ذلك المكر واللؤم؟! الأمور بدت كأنها تجري حسب ما دبرتُ لها، فتاة صغيرة أخذتها من أسرتها الفقيرة، ابتعدتُ بها لأكون ملاذها الوحيد، أنجبتُ منها الولد.. الولد الذي كان من المفترض أن ينعم بميراث أبيه الثمين، ياه.. كم كانت حمقاء تلك المرأة؟! أَخَذَتْ هارون وهربت بعيدًا.. حَرَمَتْ ولدي من أن يرث المشعوذ المائة، المشعوذ الذي سيُكمل كوكبة مشعوذي توبقال، المشعوذ الذي سينعم وريثه بتلك العظام ويصنع منها (نافذة المصير).

لا يهمُّ، لقد خَسَرَتْ هي وولدها.. نعم خَسَرَتْ ولا ريب.. لا أُنكر أن لحاقي بها إلى فاس كاد يخرج عقلي من مكانه، ولا أعرف إلى الآن كيف لم تسبقني إلى هناك.. وأين ذهبت تلك الماكرة؟ لقد أَشعلتِ الغضب وأضرمتِ النيران في نفسي الحانقة، ولكن لا يهم.

ذلك الولد في السوق وجدتُ فيه ضالَّتي، ملامحه الشيطانية رغم صغر سنه وصلت إلى فؤادي وأخمدت نيرانه، ما زلتُ

لا أعلم كيف عَزَمْتُ فجأة على ذلك الأمر المجنون.. مجنون!! بل هو الصواب بعينه، اختصرتُ الزمن وخدمتُ الولد خدمةً جليلة، وحتى أمه الباكية فقد كُتِب لابنها منزلة عظيمة لن ينالها أكبر سلطان في بلاد المغرب وما جاورها.

لم يكن ذلك الخطأ الوحيد الذي استدركه عقلي، فلم يكن اسم الولد الهارب (هارون) يصلح أساسًا لتلك المُهِمَّة، فقد أخبرتني الأَرْوَاح بذلك يوم مباركتهم ولدي الجديد الذي أهدته إليَّ أسواق فاس أسميته (داغر).. نعم هذا اسم سيسعف صاحبه لأن يكون ذلك المشعوذ.. المشعوذ حاصد العظام المائة.

ولكن لا تَعُدْ

كشفتُ غطاء الإبريق الذي لم يمكث على النار إلَّا دقائق معدودة، ممتاز.. رائحة النعناع الطازج تملأ المكان ولون الماء في الإبريق قد أخذ حظَّه الوافر، لم يَبْقَ إلَّا أن أُضيف نقطة من ماء الزهور ومِلْعَقة كبيرة من عسل البرتقال.. هكذا تمامًا، وجدتُ يدي تمتد نحو الصينية النُّحَاسيَّة لتُجلس عليها فناجين الزجاج المذهب وإبريق شراب النعناع.

بوجهٍ باشٍّ وخطوات متلاحقة انطلقتُ إلى غرفة الجلوس حيث يجلس ابني الوحيد الذي استقبل ذلك بقسمات فَرِحَة معاتبة:

- ما هذا يا غالية.. مَرَّة أخرى تُحَضِّرين شراب النعناع بنفسك.. إذن لماذا وجود الخادمتين في البيت؟!
- أَعلمُ أنك لا تشتهي شراب النعناع إلَّا من يد أمك.. سأفعل ما أستطيع ليهنأ ولدي الوحيد.. غير أني أرى بعض الأسى في عينيك.. قل لي يا حبيب أمك.. ما الخطب.. ماذا يحزنك؟!
- ليس حزنًا يا أمي، بل هو اهتمام نفسي لبعض الأمور.. فمنذ وفاة عمي الشيخ عبد السلام قبل عام وأنا أفتقده في

أمورٍ شتَّى، ليس أقلها تدبُّر شؤون التجارة وتصريف أمور الدكَّان، رحمه الله فقد كان نعم التاجر العارف المدبِّر.

اعتصر هنا قلبي ألمًا، شرد عقلي لبرهة، أَجَّلتُ سكب شراب النعناع وقرّرتُ البوح لجليسي الحبيب.

- لستَ أنتَ وحدك من يفتقد ذاك الشيخ الجليل يا ولدي، أمك كذلك لم تَعْتَدْ غيابه ولم تَنْسَ فضله عليك وعليها.. لقد بدَّل ذاك الرجل حياة أمك من جحيم ملتهب إلى جنَّة وارفة الظلال.. زواجي به بعد فراري بك من ذلك الساحر عديم المروءة والإيمان.. زواجي بالشيخ عبد السلام بعد فضل الله هو ما جعلك على ما أنت عليه اليوم يا ولدي فلله الحمد والشكر.

- ولكن يا أمي تعلمين أن ذاك الساحر يبقى والدي وقد أتيت من صُلبه.. نعم أنا لا أنتمي في هذه الدنيا إِلَّا لكِ أنتِ.. ولكن أليس من الواجب عليَّ بعد أن كفانا الله شروره أن أذهب إليه وأسأل عن أحواله وأكفيه فيما عساه أن يحتاج إليه؟!

تدفَّقَتِ الدماءُ إلى رأسي وتشنَّجت أطرافي وأحسستُ ببعض الدوار، توجهتُ إلى ابني بعيونٍ غاضبة:

- لن أكون أمك حسينة إذا كررت مثل هذا الكلام مَرَّة أخرى.. أنت لا تعلم مدى حُلُوكَة سواد الأيام التي مرَّت

على أمك كي تنتشلك من براثن ذلك الفاسق.. أنت لم تشاهد منظرك عندما أتيت ملوثًا بالنجاسات وقد ذُبح طائرٌ على نحرك، وتُلِيَتْ عليك صلوات الدجالين والسحرة والمشعوذين.. أنت لم تُجَرِّب شعور أمك وهي تغيِّر اسمك مضطرة لتبعد عنك خطر ذاك اللعين.. اسمك الذي كنت أعشقه، اسمك الذي اخترته بنفسي، اسم ولدي الوحيد غيرته بإرادتي لأحميك من تلك الشرور.. واليوم تريد أن تذهب له بقدميك؟! تريد أن تضيِّع كل ما قاست أمك لأجله! تريد أن تتفقد عابد الشياطين ذاك! حسنًا.. حسنًا.. اذهب إليه.. ولكن لا تعد إلى أمك أبدًا.

ما زلتُ أشعر بالدوار، أنفاسي تتصاعد، أزيز صدري رُبَّمَا سُمِعَ في الغرفة المجاورة.. أحسستُ برغبةٍ في البكاء.. نظراتُ ولدي المصدومة بانفعالي الشديد أعطتني إشارة واضحة بأَنَّ غضبي قد تجاوز ما يحتمله الموقف.

نَهَضَ واقفًا، اقترب نحوي لينحني مقبلًا رأسي بوجه معتذر:

- سامحيني يا غالية.. أنا آسف.. لم يكن لي أن أتفوَّه بمثل ذلك الكلام.. أَعدكِ بأن لا يبدر منِّي مثله ما حييت، أنا لن أكون إِلَّا ولد حسينة، ولن أحرص إِلَّا على رضا حسينة، فأنت دنيتي وسعادتي.. بل أنتِ جنتي التي لا أرجو سواها.

عظامه بعضٌ من عظامي

يكبر داغر أمام عيني وتتعاظم آمالي في اقتناص أمجاد توبقال، بل وتكبر قناعتي بصواب ذلك القرار قبل سنوات في أسواق فاس، سَرِقةُ طفلٍ في الثالثة لم تكن أمرًا مدبرًا، لكن هذا هو دأب المشعوذ الحاذق، يَفْرِضُ تصاريفه على الأقدار ولا يقبل أن يكون ضحيةً لها.

رُبَّمَا لم تكن دمائي هي التي تجري في عروقه، غير أن خصال ذلك الشابِّ تكاد تتطابق مع الخبائث التي في نفسي، دروب الشر تهتدي إلى موطئ قدميه، أمارات البغضاء لا تنفك تملأ قسمات وجهه، سواد السريرة يتسلل إلى ثنايا قلبه، جذوة الشرور تضطرم وسط ناظريه.

لم أَكُنْ أتمنى أن يحمل ولدي هارون من الخبائث والقسوة أكثر مما تجسَّد أمامي في داغر.. لكن.. ذاك الفتى هارون يظل ابني.. عظامه بعضٌ من عظامي.. كيف سأقبل أن يخرج من هذه الجائزة العظيمة خالي الوِفَاض؟! كيف سأُهدي تضحيات مائة مشعوذ إلى الشاب الذي لم يربطني به إِلَّا السعي في أسواق فاس؟! الشاب الذي لا أعرف حتى اسم والده!! الشاب الذي.. لا يهم.. لا يهم..

هذا الشاب قد حاز من الصفات أبغضها ومن الشرور أقساها، وحاز من علامات السواد أكثرها عَتَمَة، وقد استقرت نفسي اليوم بأنه خير من يجني ذلك الإرث العظيم ليصنع منه نافذة المصير وينطلق.. نعم وينطلق في الشرور الكبرى.

انعقادٌ تام

لم أصدق أنني فعلًا بدأت أُلملم أمتعتي وأُفرغ خزائني من محتوياتها استعدادًا لخروجٍ أخير من بيت الشيخ عبد السلام، دمعةٌ ملهبة للفؤاد تخرُّ من عيني كُلَّمَا التقطت شيئًا من ذكراه، جَلَسَ بجانبي ولدي الحبيب بهدوء، خاطبني بوجه مشفق:

- ما بال حبيبتي حسينة؟! ما بال والدتي الغالية؟! إذا أَمرتِني بتأجيل الانتقال إلى بيتنا الجديد فلن أتردد.. غير أننا يجب أن نغادر هذا البيت المتهالك عاجلًا أم آجلًا، فلن ينفعنا تأخيرُ الأمر كثيرًا، ثم إنَّ جاراتك العزيزات قد انتقل معظمهن إلى وسط فاس؛ ولذلك السبب فقد اشتريت البيت الجديد هناك.. ها!! ابتسمي أرجوكِ.. لا أُطيق الحزن في عينيكِ.

مَسَحْتُ ما بلل وجنتي وحاولت إخفاء ما تسلل إلى قلبي من كدر:

- نعم يا بُني.. نعم.. نُعجِّل بالانتقال على بركة الله.. لكن أطياف عمك الشيخ عبد السلام التي ما زالت تعترض لي

في أطراف البيت متوسلةً إليَّ بالبقاء هي من تبعث الشجن بين ضلوعي.

هنا أجهشتُ بالبكاء وارتميتُ بين أحضان ولدي الوحيد الذي أحسبه شاركني الحزن والكدر وبعض الدَّمَعات.

بعد أن خفَّت حرارة الحزن في فؤادي انسلّتْ يدي نحو صندوقٍ خشبي صغير كنت أُخفيه طَوَالَ تلك السنين، فَتحتُ غطاءه:

- انظر يا ولدي.. هذه القلادة الفضية كانت معلّقة في عنقك حين هربتُ بك في ذلك اليوم.

شَخَصَتْ عيناه ومدَّ يده نحوها مستكشفًا:

- عجيب!! ولكنكِ لم تَقُصِّي عليَّ ذلك سابقًا يا أمي!! وما ذلك الشيء في طرفها؟ هل هي تميمة؟!

- كنتُ أظنها كذلك، إلى أن ذهبتُ مع خالك قبل سنواتٍ طويلة إلى أحد شيوخ الخلوات والذي كان قد تاب من السحر، بعد أن أخرج محتواها الذي كُتب بطلاسم غير مفهومة، أَخَذَ يحدِّق فيها طويلًا، يُحدِّق فيها وتتموج تضاريس وجهه بين خوف ودهشة وخوف أكبر منه، ثم أَغْمَضَ عينيه لثوانٍ ونظر إلينا هازًّا رأسه:

- حسنًا فعلتِ يا أختاه أنكِ لم تُتْلِفِي هذا الشيء، هذا الذي بين أيديكم هو انعقادٌ تامٌّ لأَرْوَاح توبقال، لا ينفكُّ أبدًا

حتى يتلوه صاحبه ويحضر عند تلك الأَرْوَاح، والسيئ في الأمر أنه عَقْدٌ متعدٍّ إلى الذريَّة، فإذا لم يستخدمه المرء انتقل إلى ذريته ولازمهم أبد الدهر.

هنا مدَّ أخي يده لتحتضن يدي التي بدأت ترتجف من هول ذلك الخبر، استجمعتُ قواي لأسأل الشيخ:

- هل التلاوة أمام الأَرْوَاح أمرٌ خطير؟ هل يمكن فعل ذلك دون أن يمس الإنسان خطبٌ ما؟!

- لا.. لا.. لا أنصح بذلك أبدًا.. إنه كالذي يطفئ النار بجسده.. المعذرة يا أُختاه، كنتُ أتمنى أن أجد لكم حلًّا، لكنَّ مواثيق الأَرْوَاح في توبقال لا يستهان بشرِّها أبدًا.

شَرَدَ هنا ولدي الحبيب بشكل كامل، عيناه تحدقان في اللامكان، خيَّم عليه الوجوم، ندمت أني أخبرته بذلك الأمر المفزع، لكن كان عليَّ أن أحكي القصة على كل حال، قاطعتُ صمتَه بصوت مُحرَجْ:

- سامِحْ أمك يا حبيبي.. هذه قصة سيئة، ولكن كان لَا بُدَّ أن تسمعها يا ولدي.

- ولكن لماذا لم أسمعها منك سابقًا؟! ولماذا حكيتيها لي اليوم بالذات؟

- طيوف عمك عبد السلام نبهتني إلى أنني رُبَّمَا انتقلت إلى عالم الأموات في أية لحظة.. خِفتُ أني إذا لم أُعلمك

بحقيقة الأمر فربما وجدتَ التميمة وأَتلفتَها أو أَحرقتَها، وعندها ستجر الشرور الكبرى عليك وربما على ذريتك من بعدك.

مَسَحَ وجهه المتأثر بكلتا راحتيه على نحو متمهِّل قائلًا:

- إنا لله وإنا إليه راجعون.. يبدو أن لعنات ذلك الساحر سترافقنا إلى زمنٍ طويل.. لا عليكِ يا أمي، إنَّ رحمة الله بعباده أقوى وأبقى.. لا عليكِ.. سنتوكل على الله ونمضي في معيَّته (قل لن يُصيبَنا إِلَّا ما كتب الله لنا).

هل أنتَ مُستعدٌّ؟

يبدو أن الأمر أصبح وشيكًا، لم تَشْبَع نفسي من شقاوات الدنيا بعد، لكنَّ اغتنام الشرور في توبقال يستحق بعض الاستعجال، اليوم لا يُطلب مني الكثير، بل هو أكثر ما يمكن.. لا بأس فهكذا يكون المشعوذ الحقيقي.. يقدّم كل شيء خدمةً لمعاني القسوة وإعلاءً لأهل البغضاء.. وتمكينًا لعالم السحرة والدجّالين، ولا شك أن نافذة المصير ستكون المفتاح الأكبر لإنجاز جميع الشرور، خَاصَّةً إذا كانت في يد مشعوذ بمواصفات ولدي داغر.. نعم.. ولكن.. ولكني لم أُعْطِهِ آخر الوصايا كي يُفلحَ في إنجاز ذلك الأمر.

بعد أن جاوبني بوجه مكفهرٍّ كعادته، توجَّهت إليه بعبارات مبيّنة:

- اسمع يا داغر.. يبدو أن اللحظة التي طالما أخبرتُكَ عنها أصبحت أقرب من أي وقتٍ مضى.. فهل أنت مستعدٌّ؟!
- ماذا دهاك يا مراد!! مستعد!!.. طبعًا أنا مستعد أراك تتردد في الأمر.. رُبَّمَا أنت الذي تراجَعَتْ نفسُك عن تقديم جسدك طواعية لذلك الجبل.

- تَعلمُ أن أباك ليس بذلك الجبان، وهل كنتُ خلال كل تلك السنين إلَّا متجهزًا لهذه اللحظة؟! غير أني لن أذهب إلى هناك قبل أن أتوثَّق من استجماع نفسك من الشرور ما يضمن انطلاقك في الأمر إلى أن تبلغ غايته.

- أراك تعيد مقالك منذ كبرت سنك يا مراد، سأستمعُ إليك، ولكن خيرٌ لك أن لا يكون الكلام مما تكرره دائمًا.

- يجب أن تعلم بأنك وبعد أن تصنع نافذة المصير فإن الأَرْوَاح لن تمهلك أكثر من ثلاث سنوات فقط لتجمع ذلك القربان الكبير من الأنفس الزاهقة، وإذا فَشِلتَ في ذلك فإن نيران توبقال ستدركك أينما كنت وتحيلك إلى رماد، وعندها لن تخسر حياتك فقط، بل وستذهب تضحيات مائة مشعوذ عظيم أدراج الرياح، مائة مشعوذ آخرهم أبوك مراد، مائة مشعوذ اصطفَّت عظامهم على تلك السُّفُوح خلال مئات السنين، وسيحتاج الأمر مائة مشعوذ آخرين ليصنعوا أمرًا مماثلًا، هل فهمت؟!

- أراك يا مراد تبالغ في الأمر.. رُبَّمَا وقع في جوفك بعض الخوف.. أَمَّا داغر فمستعدٌ لخوض كل تلك الشرور دون أن يرفَّ له جَفْن.

كنتُ وحشًا كاسرًا

ها.. ماذا قُلتَ يا روح حسينة؟ اعزم النية وتوكل على الله.. لقد تجاوزتَ الأربعين يا بُني.. فرِّح قلبي برؤية أحفادي قبل أن أموت.. إنها الفتاة الرابعة التي أفاتحك في أمرها وما زال ردّك كما هو.. لماذا هذا العناد يا ولدي؟! إلى متى ستؤجل فكرة الزواج؟

وجَّه إليَّ عينين يملؤهما الأسى ونطق بصوت حزين:

- ليس تأجيلًا يا أمي.. بل هو إلغاء لهذا الأمر.. إلى الأبد.. لن أكون سببًا في استمرار مطاردة الأَرْوَاح لأجيالٍ لاحقة.. كيف تريدين أن أكون بهذه الأنانية!! أنتِ قدوتي يا أمي.. لن أكونَ إِلَّا كما كنتِ.. لقد ضحَّيتِ بحياتكِ وسعادتكِ لتسعديني .. وهل تنتظرين مني أن أعيش حياتي طولًا بعرض وأنعم بالأُسرة والأبناء وأنا أعلم أن أبواب الشياطين تكاد تُشْرَعُ عليهم في أي لحظة؟!

لا.. لا يا أمي، الحل الأكيد أن يُبتر هذا النسل ونقطع الطريق على أَرْوَاح توبقال.. هذا هو قدري وقد رضيتُ به، ولا حول ولا قوة إِلَّا بالله.

مَسَحتُ ما فاض من محجريَّ، حاولت إخراج زفرات اختلط بها الضيق والكدر، استدعتْ كلماتُ ولدي أمورًا كنت أحسبها ذهبت إلى النسيان دون رجعة.. أبيتُ إِلَّا أن أخلِّص منها ضميري:

- تتكلمُ عن أمك بكل إِكبار!! تتكلم عن أمك المضحِّية ولا تعلم ما كتمت أمك من أنانيةٍ مقيتة وحبٍّ مفرطٍ للذات.. سنوات طويلة لم أهنأ بشربة ماء ولم يسلم لي منام من خيالاتٍ تُهشِّم الفؤاد، عندما يَئِسَ أبوك من العثور عليك وأَخَذَ يسوق الْخُطَى في شوارع فاس وساحاتها، سمعنا عندها عن فقدان طفلٍ في مثل عمرك، كنتُ أعلم حينها أن تلك القسوة لن تخرج إِلَّا من قلبه المظلم.

علمتُ لكني أحجمتُ عن البوح بدواخلي، عرفتُ أنني لو أرشدت الناس إليه، فإن مصيبتي ستستمر ويعود ليأخذك منِّي، لم أكن حينها أنا، بل كنت وحشًا كاسرًا، لقد ضحَّيت بذاك الغلام ليفديك.. نعم لقد كنت وحشًا كاسرًا.. كاسرًا لكنه يغرق في دمائه.

انهرتُ هنا تمامًا.. أجهشتُ بالبكاء، وتدافعت أنفاسي بين زفير وزفير أشد منه.. تناثرت دموعي وسط دهشة وألم ولدي الحبيب.

- هوِّني عليك يا أمي، هوني عليكِ أرجوكِ، إنك لم تقترفي جُرْمًا.. ذاك الساحر هو من تجرَّد من إنسانيته وسرق ذاك الغلام المسكين.. أي امرأة مكانك كانت ستفعل تمامًا كما فعلتِ.

- لا يا بُني.. لقد كنتُ جبانة.. وأنانية.. وتركتُ غيري يدفع ثمن مصيبتي، والندم ما يزال يلازمني بعد كل تلك السنين.. اسمع يا ولدي، عِدْني أنك ستقف بجانب ذلك الغلام إذا لقيته ولن تتخلى عنه.

- ولكن كيف لي أن أعرفه يا أمي؟

- لا أعلم.. لا أعلم.. ولكن عِدْنِي بذلك.

- أعدك يا أمي.. أعدكِ.

لا تخيِّب ظنَّ والدك

ياه.. لا أصدق أن الأيام مرَّت بهذه السرعة، لا أُصدق أن الأَرْوَاح التي باركت قدومي إلى توبقال لأول مَرَّة ها هي ترعاني حتى أعود إلى توبقال مرة أخرى لأُقدِّم نفسي طواعية.. أُقدِّم نفسي وقد أمضيتُ عمرًا طويلًا في خدمة تلك الأَرْوَاح.. التي سأنضم إليها قريبًا، تاركًا الجبل يلتهم جسدي ويترك عظامي.. التي سيأتي داغر ويضمها إلى مَنْ قبلها ويصنعُ منها ذلك الشيء النفيس.

أرجوكَ يا بُني.. أرجوك يا داغر.. لا تُخيِّب ظنَّ والدك أرجوك يا وريث الأَرْوَاح، اجعل لذلك الموت معنًى يستحق التقلُّب لأجله في أعماق النيران.

الفصل الثاني

خريف 1610

الشرط الصعب

الوحوش الضارية التي طالما اقتاتت على ما تبقَّى من الإنسان الضعيف بداخلي لم تشأ أن تمهلني لأبدأ مسيري مع شروق اليوم التالي، ها أنا أشحذ أقصى همتي لأَنفردَ بالمصدر النادر من الشرور ذاك، خطواتُ الليل بين الوديان وسفوح الجبال لم تُرِحْ عيني من التحديق في النجوم لأصحح وجهتي على نحوٍ مستمر، غير أن سواد الليل أصبح يناسبني أكثر من أي وقتٍ مضى، ظُلماتي تَستدِلُّ بظلمة المساء لتُسهِّل على نفسي الاهتداء إلى ما لم أنله من السواد بعد.

(هل أنا فعلًا في غاية النشوة وعلى موعدٍ مع جائزتي الكبرى، رغم أنها لم تكن لتكتمل لولا هلاك والدي؟!)

هنا جاء ماردي الشجاع ودافع عن صحوتي قبل أن تغيِّبها غفوة نفسي الضعيفة:

- انتبه يا مغفَّل.. انتبه يا ضعيف.. هل صدَّقت أن ذاك الهالك هو والدك بالفعل؟! لقد سرقك عندما كُنتَ طفلًا من سوقٍ في فاس، لم يرحمك ولم يرحم أمَّك.. وأنت الآن تستكثر على نفسك الحبور على أنقاض رفاته!!

- هاه.. صَدَقْت.. نعم ذاك العجوز لم يفعل خيرًا قطُّ غير موته وفناء جسده في توبقال، وها أنا ذا اليوم أسوق الْخُطَى لأحصد تلك العظام.

***

قبل أن تَتمكَّنَ الشمس من رسم الظلال من أمامي بَدَأَتْ ملامح جبل توبقال ترتسم في الْأُفُق الغربي، الأَرْوَاح الغاضبة لمائة مشعوذ تجتمع هناك، كما تجتمع عظامهم بين ثنايا تلك الصخور المدببة.

مضى وقتٌ طويل على آخر مرة كنت بين تلك الصخور، هي مرةٌ يتيمة عندما أَحضَرَني والدي لآخذ بركات الأَرْوَاح، المكان لم يتغيَّر، غير أَنَّ عظامي كانت تنقاد لنداء عظام مائة مشعوذٍ سبقوني إلى تلك السُّفُوح.

الخطوة الأولى في الكهف المنشود، رغم أن رسائل الصباح تصل إلى هنا إِلَّا أن الظلمات أثقل من أَن تُبدّدها أشعة الشمس، لم أكد أُصدق نفسي وأنا أُحْصِي عدد القبور العارية، لقد كان عملًا عظيمًا، لا أعلم لماذا يعتقد أغبياء العامَّة أن هؤلاء يجتمعون للشر؟! حسنًا لا أزعم أنهم يصطفُّون هنا خدمةً للخير، لكني.. رُبَّمَا أسميه العمل الصحيح.. نعم.. هو كذلك.. العمل الصائب .

رغم ما يدِّعي أهلُ الخلوات والمساجد والمراقد من خُلُقٍ وفضيلة واستعدادٍ للتضحية إِلَّا أنهم قلَّما يُترجمون ذلك إلى عمل حقيقي، عمل يكرِّس حقيقة تلك الأكاذيب.

أَمَّا هؤلاء القوم بين يديَّ في هذا الكهف فقد اجتمعت عظامهم طواعية، جعلوا من موتهم أمرًا ذا معنًى، سَلَّموا أَرْوَاحهم مختارين لجبل توبقال لتبقى عِظامُهم.. عظام مائة مشعوذ.. ليأتي وريث المشعوذ الأخير ويحصد تلك العظام.. وها قد أتيت اليوم.. وسأبدأ فورًا.

***

يا لها من مُهِمَّة شاقَّة، لم أتوقع أن تستغرق نهارًا كاملًا، غير أن طحن عظام مائة مشعوذ يبقى أمرًا يستحق العناء، لا أَعلمُ لماذا لم تنتبني أي مشاعر رهبة أو أسًى وأنا أُهشِّم تلك العظام التي طالما حَمَلَتْ أولئك المشعوذين العظماء، عظماء.. طبعًا لا أنسى أبي (مراد)، رغم أني لا أحمل له شيئًا من معاني الود إِلَّا أنني أعترفُ بعظمته، يكفي أنه السبب في وجودي هنا واقتناص هذا الكنز الثمين.

نعم ذلك الرجل يستحق الاحترام ولا ريب، لم يترك شيئًا أحتاجه اليوم إِلَّا وجهزه كما ينبغي، القِدْر النُّحَاسيَّة الكبيرة تجلس هناك، أوقية الزئبق، وأوقيتا الفضة، ودماء الضبع، كلها هنا مع ما خلَّفه والدي.. صحيح لم يترك لي سوى أن أُهشِّم العظام وأمزجها

مع كل تلك الأشياء وأتركها في القِدْر لسبعة أيام متتالية حتى تنضج.. نعم حتى تنضج العجينة التي سأصنع منها (نافذة المصير).

لكن.. لحظة.. هل أنا جاهزٌ لهذا فعلًا؟

هل أنا مستعدٌ لتقديم الشرط الصعب.. نعم إنه صعب جِدًّا.

يجب أن أجعل هذا الشيء يتسبب بإزهاق الأَرْوَاح.. أَرْوَاح كثيرة.. مائة نفس مقابل كل مشعوذ.. هذا يعني عشرة آلاف نفس.. هذا كثير.. كثير جِدًّا.. وإذا لم أُفْلِح في ذلك فإن نيران توبقال ستحرقني أينما كنت ولن تترك إِلَّا عظامي.. ياه.. هل أنا جاهزٌ فعلًا لكل هذا؟!

هل يستحق هذا الشيء أن أجمع بين نيران توبقال ونيران جهنم؟!

هنا أسعفني ماردي الواعي مجددًا (تشجَّع يا داغر.. تشجَّع.. الأمر يستحق ذلك العناء وأكثر، ستنجح بالتأكيد.. وعندها حين تُفلح نافذة المصير بإزهاق تلك الأنفس؛ فإن جبل توبقال سيخضع لك وحدك.. هل تعرف معنى هذا.

توبقال بنيرانه وأَرْوَاحه وشروره المختلطة بحجارته كلها ستكون تحت تصرُّفِك ورهن أمرك).

قررتُ عندها أن أُكمل ما بدأتُه، قررت أن أُشعل النيران تحت القِدْر، وأمكث السبعة أيام الطويلة حتى يحين موعد جني ذلك الشيء الثمين.

شمس الزمان

منذ أن كنتُ طفلًا أسابق نسمات الهواء في طرقات (سجلماسة)، منذ أن غادرتُ خوفي الصغير وارتقيتُ أغصان شجرة السنديان الكبرى غرب البلدة، وحتى أثناء محاولات الهروب العبثي من عقاب أبي المبالغ في صرامته، وخلال رمي شباكي المهترئة على عصفورٍ شارد الحواس أنهكته ساعات التقاط الرزق، كانت نفسي الحالمة.. بل نفسي المؤمنة بوصولها إلى كل ما تصبو إليه مهما تتزاحم عوائق الزمان والمكان، كانت نفسي تدفعني لا لأُجرِّب حظِّي في الوصول إلى ما استقر فيها، بل تدفعني لجني ثمار قناعاتها المؤكدة بالوصول قطعًا إلى ما أرادت.

لم تكن إحدى محطات حياتي استثناءً من ذلك، فاستقراري في مدرسة العطارين بـ (فاس) وجلوسي لطلب العلم بعدها على يد شيخي (محمد بن مبارك الزعري) رغم تحلق مئات الدارسين والمريدين من حوله إلى أن أصبحت ذاك التلميذ الأبرز والألمع والأكثر نجابةً، التلميذ (ابن أبي محلي) الذي ذاع صيته في فاس وما حولها، التلميذ الذي اختاره الشيخ الزعري ليسلِّمه عصاه وبُرُنسه ونعله.

غريب كيف تهيأت لي كل تلك الأقدار خلال ما تبقى من القرن السادس عشر، وغريبٌ أكثر أني رغم صعوبة الأمر ما كانت نفسي تشك بتحقيقه ولو لبرهة.

وها أنا اليوم هنا في دار هجرتي في (بني عباس) يلتفُّ من حولي مئات المريدين والدارسين ولا يناديني أحدهم إِلَّا بـ (شمس الزمان)، يأخذني التَّصَوُّف عاليًا إلى عالم لا يعترف بمعاني المستحيل، الأحوال الرَّبَّانِيّة تلوح في أفق الأيام من أمامي، الكرامات لا تنفك تجري على لساني وأناملي وموطئ قدمي، ولا تلبث الأقدار حتى تستجيب لمَا يخالج نفسي.

مكانة كبرى تستقر في أعماقي وتؤمن نفسي أنها سترسو على ضفة تلك المكانة، رغم ابتعاد ذلك المرفأ وانقطاعي عن جملة من الأسباب الموصلة إليه فإن نفسي المقدامة تلك لم تتردد ولو لحظة في بناء لبنات يقينها لبنة تلو الأخرى حتى تصل إلى صرح مجدها العالي ذاك.. متى وكيف؟.. هذا ما زلت أجهله.

هذا الشيء لا يمزح

أخيرًا تنتهي السبعة أيام الثقيلة، رغم أنني أشغلت نفسي خلال ذلك الوقت بتجهيز القالب وسط صخرة صماء، تمامًا كما أوصاني والدي الهالك، ثلاثة أشبار في شبرين، وبسماكة لا تقل عن ثلاث أصابع.

لا أعلم لماذا كانت تفوح تلك الروائح شديدة النتانة أثناء طبخ الصهارة! هل لاحتراق الزئبق والفضَّة روائح لا تُحتَمل؟ أم رُبَّمَا لبقايا دم الضِّبَاع ذلك السوء أم هي الشرور التي اجتمعت في عظام المائة مشعوذ واستثارتها النار لتفوح في أرجاء توبقال! لا أعلم.. ما يعنيني الآن أن أسكب الصهارة في قالبي الحجري وأُنجزَ الأمر سريعًا.

ارتعاشة شديدة في أطرافي جعلت القِدْر تبدو أثقل مما هي عليه، ارتعاشة خشيت معها أن أسكب ذلك الشيء الثمين وأخسره إلى الأبد.

لم أستسلم لأفكاري الضعيفة، أَحكمتُ صوت المشعوذ الرَّصين على دواخلي وشددت سطوته على يديَّ، أوصلت القدر

إلى حيث أريد وبدأت بملء الفراغ المستطيل بالمزيج الثمين، الدخان المتصاعد يلفح وجهي بحرارته العالية ويكتم أنفاسي ببخاره الخانق، غير أن قلبي يبتهج لذلك أيَّما ابتهاج، كيف لا والأمر يكاد يقطع آخر محطَّاته ليعبر من سذاجة الخيال إلى سطوة الخبائث، لم أبتسم تلك الابتسامة منذ سنينَ طويلة، إخالني سأبتسم طويلًا.. ها.. هاها.. هاها..

***

بعد يومٍ حابسٍ للأنفاس حانت اللحظة أخيرًا، مددت يديَّ نحو ذلك الشيءٍ، بعد أن أزلت الصخور الصماء المحيطة بالقالب، كان من المتوقع أن ترتعش أطرافي لكنها لم تفعل، كان من المفترض أن أشعر بثقل (نافذة المصير) لكنني استشعرت عكس ذلك (هل أتمَّ المشعوذ بداخلي كمال سيطرته على شرور النفس ليتحكم بها على هذا النحو؟).

لم أكن لأعطي نافذة المصير قيمتها العظيمة لولا أنني أنا مَنْ صنعها، فلم يكن الشكل يوحي إِلَّا بصينية سميكة من الرصاص أو الفضة رديئة السبك، وحتى السطح غير اللامع لم يكن يشي بالقدرات الخارقة لبقايا عظام وأَرْوَاح مائة مشعوذ شجاع.

مفاجأتي الحقيقية كانت عندما اختبرت بنفسي قدرات نافذة المصير، عندما أحكمت قبضتي مواجهًا سطحها شبه المستوي وتلوت ترانيم الأَرْوَاح، بدأ ذلك السطح في تشكيل تموجات من

الألوان لعدة ثوانٍ ثم أعاد تكوينها ليصعق عقلي بما رأيت، هذا الشيء لا يمزح أبدًا.

لقد رأيتُ فيه لقائي القادم بـ (ابن أبي محلي)، رأيتُني أُقابله في زاويته وفي بلدة بني عباس بالتحديد.. يا للعجب، تمامًا.. بالضبط.. هذا هو الرجل الذي كنت أفكر في الذهاب إليه فور حصولي على نافذة المصير.

نافذة المصير.. سأتبع مصيري فيك دومًا، لن أدَّخر جهدًا، أَتبعكِ حتى أصل.. نعم.. أصل وأَتحكَّم في كل تلك الشرور.. جميع الشرور والنيران والأَرْوَاح في جبل توبقال.. هاها.. هاهاها.. هاهاهاها.

***

مسير تسعة أيام بلياليها متنقلًا بين الجبال والأودية كان أمرًا شاقًّا مُنهِكًا، كُلَّمَا ضاق بي النَفَس أو بالغتِ الشمس في لفح وجهي أو أَدْمَتِ الصُّخور قدمي حاصر إدراكي سؤالٌ مُلحٌّ (هل يستحق الأمر كل هذا العناء؟)

حينها كان ينبري ماردي الشجاع ليهديني عبارته المحفزَّة (تذكَّر اللحظة التي ستحملك فيها الأَرْوَاح وتتسابق الشرور لتوصلك حيثما تريد محمولًا متكئًا عابرًا حدود الزمان والمكان).

سرعان ما تستجيب دواخلي لتلك العبارات، فتستحيل قسماتي المتعبة إلى ابتسامة عريضة، وقدمي الدامية إلى مهرولة نشطة، وصدري الضائق إلى منفرجٍ منطلق.

وأخيرًا ها هي بداية منازل بني عباس تتوسط (وادي الساورة)، بين هذه المنازل يتخذ ابن أبي محلي زاويته الشهيرة.. شهيرة لكني لا أعرفها.. لا بأس.. سؤالي لأحدهم سيوصلني إليها ولا ريب.

رُبَّمَا لم يكن سؤالي مهذبًا، أو رُبَّمَا كان ذلك الشخص حادَّ الطباع، أو لعل وجهي الذي لفحته عَتَمَات توبقال لم يمنحني إجابة لبقة.

- ماذا قلت يا هذا؟ (أين زاوية ابن أبي محلي؟)

اسمه قطب العرفان وشمس الزمان العالم الرَّبَّانِيّ ابن أبي محلي.. تعلَّم كيف تسأل عن الأعلام.. على كل حال ستجد زاويته جنوب تلك النخيل هناك بخمسين ذراعًا تقريبًا.. ولا تذهب إليه الآن فهو لا يستقبل المريدين إِلَّا بعد الظهيرة.

لم أكن أحد المريدين، ثم إنني لم أقطع تلك الدروب الوعرة لأنتظر عند باب أحدهم، تقدمتُ صوب الزاوية التي كان بابها مغلقًا، استخدمت قدراتي الخاصة لينصاع لي الباب ويتخلى القفل عن احتضان بعضه، بدأتُ بخطوات متمهلة حذرة صامتة حتى لمحت الرجل في طرف الزاوية يُغمض عينيه ويتمتم بعبارات ويُحصي بإبهامه خرزات مسبحة داكنة غاية في الطول.

شاهدت ما يكفي

كم أحمد الله أنني عرفت طريق التَّصَوُّف ولو متأخرًا، متأخرًا وصلت لكنني انغمست فيه أيما انغماس، غشاواتٌ كانت تفصلني عن عالم التجلِّي، ومسافاتٌ كانت تُبعدني عن درجات الولاية، لم يكن لعلم الفقه الذي أضعت فيه جُلَّ عمري الفائت أن يوصل فؤادي إلى الأحوال الرَّبَّانِيّة ولا ليهديني إلى ولوج عالم الكرامات.

وإن كان ظني بنفسي قد جانب أمارات الصواب فماذا عساه أن يكون ظن كل أولئك الخلق بي؟! فها أنا أتخذ هذه الزاوية مبتعدًا عن الناس، ومع ذلك فإن جموعهم لا تكاد تنقطع عن مكاني، ولا يعطلهم انشغالي بساعات الخلوة عن التكدس على بابي بين سائل ومجامل وطالب للبركة ومسترشدٍ لدروب الولاية.

غير أن زائر اليوم أدخل في نفسي الارتباك والطمأنينة على حَدٍّ سَوَاء؛ مما جعلني أراجع كل ما حدثت به نفسي يومًا، وأعيد رسم تفاصيل ما حسبت أنه ينتظرني في قابل أيامي.

كنت أتوقع أن بلوغي سن الخمسين سيخبئ لي مفاجأة ترشدني إلى دروب الرشاد أو المجد أو القيادة أو الريادة أو..

لكن ما عرضه عليَّ الشيخ الرُّوحَانِيّ الغريب ولوحه المبهر ذاك قد تجاوز كل حدود الخيال.

قبل الظهيرة بساعة وأثناء خلوتي المعتادة، فتحتُ عيني فإذا به يجلس متربعًا أمامي، رغم ضوء النهار الذي كان يملأ المكان إلّا أن الظلمات في وجهه أصابت نفسي بانقباضٍ شديد، حاولت أن لا يصل الخوف إلى تفاصيل وجهي وأظنني أفلحت في ذلك.

- خيرًا يا مريد.. كيف دخلت؟! هل لك من سؤال؟

بقسمات تبعثر الطمأنينة، ونبرة صوت تنشر الريبة أجاب قائلًا:

- ماذا يا شمس الزمان؟! أين فراسة الأولياء؟! لَمْ آتِ مريدًا، بل وصلت إلى مكانك لأهديك من علومٍ لم تنهل منها بعد، وأفتح لك نافذةً تنقذك من غفلة اليومٍ وتعبر بك إلى أمجاد المستقبل.

حِدَّة عباراته أصابتني بالذهول، ساد الصمت للحظات ثم تمالكت نفسي لأقطع سكون المكان:

- ماذا تقصد يا هذا؟ ما هي العلوم التي لم أنهل منها بعد؟! وماذا تقصد بغفلة اليوم؟! عجيب!! لا أذكر أن أحدهم وصفني بالغفلة خلال عشرين سنة مضت!!

- اسمع أيها الوليُّ.. يعطيك القدر سيفًا قاطعًا فتظنّه بغفلتك عصًا تتكئُ عليها، وتصول حولك الذئاب فلا تحتاج

حينها سوى من أعطاه القدر حسن النظر فيهديك حقيقة كون ما بيدك سيفًا، فَتَعمِلَهُ في الذئاب تقطيعًا حتى تزيل ذلك الخطر.

جوابه عن سؤالي لم يُوَلِّد في قلبي إِلَّا حيرة، ولم يزد أطرافي إِلَّا اضطرابًا.

- ما زلتُ لا أفهم ما تعنيه يا هذا، فإما أن تكون قد هُديت إلى ما لم نَهتدِ إليه، وإِلَّا فإنك لم تأتِ إِلَّا بِهُراء لا معنى له.

- ابن أبي محلي الذي تُشدُّ إليه الرحال ويُلَقَّبُ (بقطب العرفان)، الذي تجري على يديه كرامات الأولياء ويرى فيه العامَّة غاية الأحوال الرَّبَّانِيّة، قطب العرفان يطرح كل ذلك أرضًا، ولا يزيد على مكوث العاجزين وصمت اليائسين في هذا المكان النائي!!

- حَسْبُك.. حَسْبُك.. لقد تجاوزتَ يا هذا.. وما تظنني أفعل؟ وماذا تنتظر من الأولياء غير الانقطاع عن زخرف الحياة؟! ثم إنني لم أعرف من تكون إلى الآن!! فهات قل لي: من تكون من فورك؟ وإِلَّا فدعني وخلوتي.

- أنا الشيخ الرُّوحَانِيّ داغر وجئتك اليوم بشيء لم تسمع به ولم ترَ مثيلًا له، أتيتك بما سوف ينير بصيرتك ويشعل

جذوة الحماس بين ضلوعك، ويطلق ناظريك تجاه أُفق المجد والسيادة ويُعلي مقامك فوق هامات الخلائق.
أحسست هنا بقطرات العرق تتسلَّل نازلةً على وجنتيَّ وضربات قلبي تتسابق لتحاول احتواء ارتباك نفسي.

- شيءٌ لم أسمع به ولم أرَ مثله.. ماذا عساه أن يكون؟!

هنا انتصب الرجل الغريب واقفًا ليمد يمناه في كيس قماش كبير يتعلق على كتفه الأيسر، أخرج صينية متوسطة الحجم غاية في السُّمك رديئة الصنع، وجَّهها نحوي وشرع يلفظ بعبارات واثقة.

- هذه نافذة المصير، تُرشدكَ إلى القابل من أيامك، وتفتح لك آفاق الملك والجاه، وتُحكِمُ قبضتك على مصائر الناس وأفئدتهم.

لسبب لا أفهمه تسلمت منه ذلك الشيء وكأني استسلمت لسطوته، أَحكمتُ عليه كلتا يدي فإذا بي أُمسك بشيء لم أعهد مثله في حياتي، ليس معدنًا أو فخَّارًا، ليس ثقيلًا أو خفيفًا، ليس جامدًا أوحيًا، بل لم يكن يخلو من الحياة.

نبضاته ووخزاته ما انفكت تغزو يدي حتى هممت بأن ألقيه أرضًا، توجهت بكلامي إلى ذلك المبتسم من أمامي بوجه مظلم:

- هذا غريب فعلًا.. لكني ما زلت لا أفهم!!
- لا تستعجل.. فقط انظر إلى منتصف نافذة المصير وسيظهر لك ما تخفيه الأيام.

حدَّقت في منتصف ذلك الشيء، هنا أغمض الرجل عينيه وبدأ في تمتمات وترانيم، خلال ثوانٍ أخذت الألوان تتموج من أطراف ذلك المستطيل، وتتجه إلى مركزه لتشكل منظرًا أوشك أن يشلَّ عقلَي وأطرافي.

لقد رأيتُني وأنا أدخل مدينة (سجلماسة) في حشد كبير من مئات المقاتلين، رأيتني وأنا أَهزِمُ جيش زيدان بن منصور الذهبي، وأطرد عامله على المدينة، بل وأستولي على حكمها وأصبح أميرها.

توقف الشيخ الرُّوحَانِيّ عن الترانيم فجأة وفتح عينيه التي كانت تتوسطهما جذوة نار لم تنطفئ بعد:

- هاه يا شمس الزمان.. أظنك قد شاهدت ما يكفي، لقد أخبرتُك أن نافذة المصير لا تشبه ما تعلَّمتَه يومًا، لن ألومك لو انعقد لسانك، على كل حال سأنصرف الآن وآتي غدًا في الزمان والمكان نفسيهما.. استعدَّ لأمجادك جَيِّدًا فإن نافذه المصير حُبْلَى بالكثير.

ماذا تستفيد؟

هههه.. كما توقعت تمامًا، حتى (شمس الزمان) ذاك لم يملك إلَّا أن تتعطل حواسُّه أمام قدرات (نافذة المصير)، لا أعلم كيف يُصرُّ العوام على إجلال هؤلاء القوم وإكبارهم، وينظرون إلينا معشر المشعوذين بعين الريبة والازدراء؟!

على كل حال.. تركتُ الرجل بالأمس، وها أنا أكاد أصل إلى زاويته، آمل أن يكون قد استعاد إدراكه وعَقَدَ أمره.

قبل أن أدفع باب زاويته داخلًا، لاحظت أنه غير مكتمل الإغلاق، عرفت هنا أن الرجل قد مال إلى ما كنت أنتظره.

بعد أن جلستُ مقابلًا له، وجَّه نظراتٍ ثاقبة صوبي وإن كان بعض الارتعاش في يديه يشي باضطراب فؤاده وتكلم بصوت جَهْوَرِيٍّ:

- اسمع أيها الشيخ الرُّوحَانِيّ.. لقد رأيتُ بالأمس أمرًا عجيبًا.. ولكن ما يدريني أن ليس في الأمر خدعة أو سحرًا؟

هززت رأسي وحككت ذقني بأناملي السبابة والوسطى مبتسمًا:

- أبدًا يا شمس الزمان.. الأمر أسهل من ذاك.. إن صدَّقته مَننتُ عليك بالانتفاع به.. وإلَّا فإني سأنطلق إلى غيرك ممن يتوقون إلى المجد والسيادة.

- حسنًا.. حسنًا.. ولكني لم أرَ إِلَّا مشهدًا خاطفًا من مستقبل قريب، فما دام هذا الشيء ذا قدرة خارقة فأرجو أن تمكِّن لي مشاهدة ما ينتظرني بعد دخول سجلماسة.

- لا تقلق.. ستشاهد كل شيء في وقته.. لنافذة المصير أصول لا نستطيع تجاوزها.. فهي لا تُطْلعك على خطوتك التالية إِلَّا إذا بلغت الأولى، وعندها.. إذا دخلتَ سجلماسة منتصرًا فستجدني في اليوم التالي أصل إلى مكانك مصطحبًا نافذة المصير كي تنير لك أيامك القادمة.

عاد (ابن أبي محلي) للصمت، ثم تَحرَكَتْ شفتاه قائلًا:

- حسنًا.. يبدو الأمر مقنعًا.. ولكني لم أفهم إلى الآن لماذا اخترتني أنا بالذات؟ وماذا تستفيد أنت إذا سَخَّرتَ لي نافذة المصير؟

انتفضتُ واقفًا، ضربتُ بيديَّ على أطراف ملابسي إشارةً إلى نيتَّي بالرحيل، أعدت وجهي إلى قسماته الجَادَّة:

- اسمع يا (ابن أبي محلي) لا يريد القَدَر أن تجري حياتُنا على ما نستحق، فيبعثر آمال الناس وأحوالهم عكس ما

يُمَكنُّهم من ذلك، فإذا التقى الحُصَفَاء من أهل العلوم العليا وتمكنوا من جمع أولئك بتلك فإنهم يُحكمون قبضتهم على تدافع الأيام، عندها يعطلون حبكة القدر ويذللون لأصحاب القوى الالتقاء بوسيلتهم، فيصل كل منهم إلى ما يستحق.. لا ألومك إن شردت مجددًا.. على كل حال.. نلتقي قريبًا في سجلماسة.. إلى اللقاء.

إذا هبَّت رياحك..

منذ أن غادرني ذلك الشيخ الرُّوحَانِيّ الغريب وعقلي حبيس وادٍ مقفرٍ مُوحِش لا تصاحبني فيه سوى الدهشة والحيرة، ذئاب الشك توشك أن تُجهز على ما تبقى في نفسي من ثباتٍ ويقين.

لن أنكر أن أمانيَّ الكبيرة طالما حدثتني عن الزعامة والريادة والملك أحيانًا، إلَّا أن حديث النفس شيء والإقدام على ذلك شيءٌ آخر، ولكن كيف لي أن أتجاهل ذاك الزائر ونافذته الخارقة المشرَعة على شموسٍ لم تشرق بعد؟! كيف لي أن أتجاهل بشارتها الواضحة؟!

نعم أعلم أن الغيب هو من أمر الله فقط ولكن.. أعلم كذلك أن أولياء الله وأصحاب أحواله الرَّبَّانِيّة هم محلٌّ لكراماته وعطاياه، فربما أراد الله للناس الخير فأجرى كرامة كشف الغيب على يد وليِّه العابد الصالح.

***

خبر اليوم نقل تأرجح فكري إلى الحزم، ودفع شكوك نفسي إلى اليقين، خبر اليوم سهَّل لعقلي أن يميل إلى جهة الرشد، لقد سلَّم

المأمون بن المنصور الذهبي مدينة العرائش (لفليب الثالث) ملك إسبانيا، المزري في الأمر أنه سلَّمها غنيمة سهلة للإسبان مقابل أن يناصروه في قتال أخيه.. كم تحمل هذه الأنباء من السوء ونقيضه على حَدٍّ سَوَاء، فمع خبر كهذا لن يتردد الناس في الخروج على أبناء المنصور، وإسقاط حكمهم، ورفع أيديهم عن إمارة المسلمين.

عندما كانت الجمعة الأولى في بني عباس بعد ذلك الحدث الجلل، وبعد أن صعدتُ المنبر وحمدتُ الله وأثنيت عليه وسط جموع المئات من أبناء البلدة، رفعت صوتي خطيبًا:

-[أيها الناس إن أولاد المنصور قد تهالكوا في طلب الملك حتى فني الناس فيما بينهم، وانتهبت الأموال، وانتهكت المحارم، فيجب الضرب على أيديهم، وكسر شوكتهم][1].. لقد بَلَغَنا من فعل المأمون من إجلاء المسلمين عن العرائش وبيعها للعدو الكافر ما يدفع كل من به ذرة إيمان أن يستشيط غضبًا لله، ويخرج على تلك الزمرة الفاسدة من أبناء المنصور.

ما إن انتهيت من عباراتي الرنانة تلك حتى بدت علامات الحنق والغضب جليَّة على جموع الناس من أمامي، عيونهم شاخصة ووجوههم تحتقن فيها الدماء حتى أن البعض بدأ يهتف سخطًا على أبناء المنصور قبل أن أنتهي من خطبتي.

---

(1) الاستقصا لأخبار دول المغرب الأقصى - الجزء السادس - ص 30.

مع أول خطواتي نازلًا من المنبر أدركت أن الناس كل الناس في المسجد قد اجتمعوا متحلقين من حولي ينتظرون منِّي ما عساهم أن يفعلوا، استحضرتُ هنا قول الشاعر: (إذا هبَّتْ رياحُك فاغتنمْها)، وعرفتُ أن أمامي فرصة ذهبية وجاء الوقت لأطوِّع الأمور لمَا أَفصَحَتْ عنه نافذة المصير:

- أيُّها الناسُ ماذا بقي لنا من كرامة ودين إذا انتهكت ديار المسلمين وسُلّمت طواعية إلى عبَّاد الصليب؟ ماذا عسانا نجيب إذا وقفنا بين يدي ربنا وقد سكتنا على فجور أبناء المنصور وتضييعهم للبلاد والعباد؟! اللهم إني أبرأ إليك من صمت الخانعين وانكسار الخاضعين.

أيها الناسُ، إني مُوَلٍّ وجهي صوب سجلماسة لقتال أبناء المنصور وكسر شوكتهم، وتثبيت عُرى الإسلام.. فمن منكم يبايعني على ذلك نصرةً لله ورسوله.. نصرة للحق والدين؟

هنا هبَّ المئات من حولي، مئات المندفعين الثائرين صَدَحَتْ حناجرهم بصوت زلزل الأرض وأرعد في طبقات السماء، رددوا بصوتٍ واحد:

- لبيك وسعديك.. لبيك وسعديك.. لبيك وسعديك.

بدايةٌ جَيِّدَة

لم يكن أمر عودتي لمكاني في (تامسليت) بالقرار الصائب، لو كنت أعلم لاتخذت لي مكانًا مجاورًا لـــ (سجلماسة)، ولكن ما كنت لأتوقع أن ملامح ذاك الولي الصُّوفِيّ تخفي قلبًا متحفزًا مندفعًا، لم أكن لأتصور أن يحزم ابن أبي محلي أمره ويحشد همَّة أتباعه خلال تلك الأيام القليلة.

لقد فاجأتني نافذة المصير اليوم صباحًا وهي تحصد الأَرْوَاح التي تُزْهَق تِباعًا، فهي لا تحصد إِلَّا ما يكون تلبية لرؤاها الخارقة، وهذا يعني أن قتالًا قد أخذ مكانه على مداخل سجلماسة، لا أعلم لمن كانت الغلبة، غير أن نافذة المصير لم تتوقف عن الإحصاء إِلَّا بعد أن تجاوزتِ الثمانمائة قتيل ونيِّفًا، مهما يكن المنتصر في تلك المعركة فإنها بداية جَيِّدَة للحصيلة الأولى.

يبقى الآن أن أنطلق من فوري نحو سجلماسة لأستقي الأخبار من مصدرها، وأتابع طريقي مع ابن أبي محلي.. هذا إن كان هو من ظفر بحكم سجلماسة.

***

رغم وعورة الطريق وشدة انحدار الدروب إِلَّا أنني لم أجد مشقة تذكر خلال الثلاثة أيام التي نقلتني إلى سجلماسة، غريب كيف أن انطلاق قدميَّ في الشرور يصبح خفيفًا على النفس مذللًا للصعاب، لقد فطن أولئك العظماء من قبلي إلى تلك الحقيقة واتبعوا طريقها فانصاع لهم المستحيل وتجاوزوا عقبات القدر، وها أنا ذا أمشي على خطاهم، وسأُسعد أَرْوَاحهم قريبًا.. نعم قريبًا جِدًّا.

تكاد تتطابق

كم هو مؤثر وباعث على الأمل والحنين دخول سجلماسة، سجلماسة يا مسقط رأسي ومهوى قلبي.. كم اشتقت إليك، أعود إليك اليوم وقد تجاوزتُ الخمسين من عمري.

خرجت من هنا غلامًا، أكاد أرى ذاك الفتى إلى اليوم وهو يطلق قدميه خلال طرقاتك الترابية ويستتر بحائط طيني هناك، ويرتقى إحدى أشجار النخيل ليطلق النظر نحو آخر حدود الْأُفُق.

وها هي حدود الْأُفُق اليوم تَجَاوَزَتْ ما كنت أنتظر، ها أنا اليوم أجلس في ديوان الحكم وتناديني الناس بـ (الأمير)، تعودتُ فيما مضى على ذاك اللقب المحبب إلى قلبي (شمس الزمان)، لكني اليوم أرى في اللقب الجديد ما يرضي نفسي المندفعة إلى الزعامة والرياسة، نعم.. حسبي ما أضعته من وقت وسط الزوايا والأضرحة، حسبي ما انقضى من عمري في تلك الخلوات.

فها أنا مع قليل من الأتباع وكثير من الاندفاع والتصديق ببشارة نافذة المصير ها أنا أدخل سجلماسة فاتحًا.. ايه يا سجلماسة.. كم كنت أتمنى أن أعود لك في سِلْمٍ وهدوء بال...!! كم كنتُ أتمنى أن

أعيد سيرتي الأولى بين منازلك الرَّثّة ومزارعك العطشى، غير أني أعود اليوم لأكون حاكمك ومدبِّر شؤونك.

لحظة.. ألم أكن في بني عباس التي كانت دار هجرتي وبالأمس فتحتُ سجلماسة التي حوَتْ مسقط رأسي.. ياه.. كيف لم أنتبه إلى أن سيرة الأنبياء والعظماء المصلحين تتشابه.. بل تكاد تتطابق.. نعم، إذن فأنت يا ابن أبي محلي تسير على الدرب الصحيح.. على الدرب الصحيح ولا شك.

لم أقصد الإساءة

سجلماسة تبدو على حالها، دروبها لا تشي بحربٍ جرت على أطرافها قبل ثلاثة أيام، علمتُ بعد سؤالي أن الحرب غير المتكافئة التي دارت شرق البلدة قد انتهت بانتصار جيش ابن أبي محلي وفرار عامل زيدان (الحاج المير) منهزمًا، رغم أن هذا الأخير قد جهَّز جيشًا من عدة آلاف ليقابل جماعة ابن أبي محلي التي لم تتجاوز الأربعمائة مقاتل، ناهيك عن أن الحاج المير قد سلّح مقاتليه بالبنادق ليقاتلوا خصومهم الذين لم تتجاوز أسلحتهم السيوف والرمّاح.

أمرٌ جلل حدث في بدايات القتال جعل الجمع الغفير من مقاتلي سجلماسة ينهزمون ويولون الأدبار بوجوهٍ فزعة.

بعد تلك الأخبار المبهجة تابعتُ خطواتي إلى أن أوصلتني إلى ديوان الحكم وسط سجلماسة الذي اتخذه ابن أبي محلي مقرًّا له فور دخوله منتصرًا، لفت نظري كثرة أعداد الخلق حول الديوان وعلى مدخله، جموعٌ من المريدين والدراويش والمتسكعين يحيطون بالمكان.

انتقالي إلى الداخل كرر المنظر ذاته، يتناثر الدهماء بين أروقة الديوان، عرفتُ هنا أني في المكان الصحيح، واستبشرت بتواصل الحروب والدمار وسفك الدماء، فلن يكون ثَمَّ رجل يجتمع حوله هؤلاء القوم إِلَّا أن يقودوه ويقودهم إلى موارد الهَلَكَة.

تابعت حتى استأذنتُ بالدخول على ابن أبي محلي، كما توقعت تمامًا، لم يَدُمْ انتظاري إِلَّا ثوانيَ معدودة، أدخلني الحاجب على الفور بعد أن صرف حاكم سجلماسة الجديد كل من كان في مجلسه.

كان من الطبيعي أن يقوم ابن أبي محلي من مكانه احتفاءً ويجلس مجاورًا لي في زاوية مجلسه بالديوان، وكان من اللائق بي أن أرسم ابتسامة غرور واستعلاء قبل أن أباشر بالحديث:

- إذن فعلتها يا شمس الزمان.. حزمتَ أمرك واستنهضتَ أَتباعك وأقدمت على معركتك، فطردتَ (الحاج المير) وها أنت تحكم سجلماسة اليوم.. تمامًا كما أَخْبَرَتْكَ نافذة المصير.

- صدقت.. تمامًا كما بشرتْني تلك النافذة العجيبة، ولو أن معركتنا تلك كانت معجزة من المعجزات، تخيَّل أننا لم نَعْدُ عن كوننا أربعمائة مقاتل، وقابَلَنَا الحاج المير بأكثر من ثلاثة آلافٍ مسلحين بالبنادق، وبكرامة عُليا من الحكيم المنَّان كان الرَّصاص لا يقع إِلَّا بردًا وسلامًا عليَّ

وعلى أتباعي، تمامًا كما أنعم الله على نبيِّه إبراهيم، فلله الحمد والشكر.

تقعَّر وجهي وبدأ الدم يغلي في عروقي لمَّا بدأ ذاك المغرور يحمد ربه ويُثني عليه، هنا رفعت نبرتي لأُعيد إليه رشده:

- ماذا دهاك يا ابن أبي محلي..؟!! أراك قد تجاهلت فضل نافذة المصير، تجاهلت فضلها ومقعدك في الإمارة لم يدفأ بعد.

ألا تعلم أن نافذة المصير الخارقة قد تابعت خطواتك وحفَّت مصيرك بالعناية حتى أوصلتك إلى ما بشَّرتْك به، أخشى أن يكون ذلك هو آخر عهدك بها، يليق بي أن أنصرف الآن.. الوداع.

هنا أرسل ابن أبي محلي يده لتمسك بمعصمي قبل أن أهمَّ مغادرًا وخاطبني بوجه مُحرَج:

- المعذرة.. المعذرة أيها الشيخ الحصيف.. لم أَقْصِد الإساءة مطلقًا.. لنافذة المصير قدرها وفضلها، وإلَّا فلماذا أنا أنتظر قدومك وقدومها منذ ثلاثة أيام على أحرّ من الجمر.

- حسنًا.. حسنًا.. عذرك مقبول.. قل لي الآن.. هل أنت جاهز لمَا تُخفيه لك نافذة المصير؟!

- جاهز!! بل في شوقٍ كبير لذلك.

تراجعت صاغرة

ما زلت أشعر أني وسط حُلْم مُرْبِك، الأحداث العاصفة التي اتخذت منِّي مركزًا لتدافع رياحها لم تخفف من وطأتها بعد، قبل أيام قليلة كنت ذاك العابد الرَّبَّانِيّ في طرف بني عباس، واليوم ها أنا أتربع على كرسي الإمارة في سجلماسة، رغم ذلك فإني ما زلت أتطلَّع إلى المزيد، يالِ جنون الأيام، رغم أنه تأخر بعض الشيء إِلَّا أن داغر قد أوفى بوعده وجاء بنافذة المصير لتكمل إزاحة الغشاوة عن قابل أيامي.

قبل أن أرسل يدي لتتسلم بدنها الفضي تصارعت في دواخلي قوى متناحرة لا يعترف أحدها بالآخر، لم يَدُمْ الصراع طويلًا، لكن نفسي المرهقة التي كانت ميدانًا لذلك النزاع لم تَسْلَم من تناثر أشلاء يقين العابد الصُّوفِيّ مقابل نزعة الحكم والسيادة التي أيقظتها بشارة النافذة الخارقة، يقيني الذي أمضيت عُقودًا أراكم فيه لبنات الإيمان لبنة تلو الأخرى، يقيني الذي عجز في نهاية المطاف عن منع يديَّ من تسلُّم نافذة المصير استعدادًا لمشاهدة أيامي المقبلة.

بعد أن تسرَّبت الوخزات إلى أناملي شرعتِ الألوان تتموج من جديد في نافذة المصير، واستمر ذاك الشيخ الرُّوحَانِيّ (داغر) يتمتم ويخاطب الأَرْوَاح إلى أن تشكَّل أمامي ما كنت أتمنَّاه تمامًا، رأيتُني وأنا أتقدَّم في حشد كبير إلى وادي درعة لألتقي بجيش زيدان بن المنصور، وأستولي على البلدات المتناثرة في وادي درعة، وأصبح أميرها وتأتيني القبائل مهنئة ومبايعة.

توقف هنا داغر عن تلاوته وفتح عينيه، جذوة النار هذه الْمَرّة فيها أشد اضطرامًا، سواد وجهه بدا لي أكثر ظلمة مما كان عليه، بادرني قائلًا:

- حسبك يا ابن أبي محلي.. شاهدتَ ما يكفي.. هنيئًا لك.. يبدو أن طريق المجد والرياسة قد افترش لك لتغيِّر قَدَرَك وتغنم من مقامات الملك والجاه ما تُرْبِكُ به حركة الزمان.

انتابتني هنا رعشة دفينة، أحسستُ أن نفسي قد تراجعت صاغرة إلى أعماقي، وأن عقلي قد أسند قلبي حتى خلَّصه من معاني الضعف والخوف والرحمة وأبدله ذلك بتعظيم معاني المجد والسُّلْطة.

- صدقتَ يا صاحب النافذة العظيمة، أرى الأيام تميل لجانبي، ولن أبرح ثائرًا حتى ينصاع القدر لمُلْك ابن أبي محلي.

***

ما زالت الوفود تتوالى على مجلسي في سجلماسة لتعلن تأييدها.

- سيدي الأمير ابن أبي محلي.. هؤلاء وفد من أهالي تلمسان يستأذنون بالدخول مهنئين ومبايعين.

ما إن انتهى الحاجب من كلماته حتى بَدَأَتْ نفسي تحدثني:

(بالأمس جاء أهل الراشدية مبايعين، رغم أنني لم أُكْمِل أسبوعين في إمارة سجلماسة، واليوم ها هم أهل تلمسان يقصدون ديواني للأمر ذاته، وقبلهم زارني شارح السلم الإمام العلامة سعيد قدورة، وأبلغني بتأييده هو ومن خلفه من المريدين.. لا شك أَنَّ لنافذة المصير طرفًا فيما يحصل هنا).

- عفوًا يا سيدي، هؤلاء وفد من تلمسان يستأذنون فماذا عساي أن أجيبهم؟

- نعم.. أدخلهم.. أدخلهم على الفور.

بعد أن استقر الوفد جالسين من حولي، وأسمعوني عبارات التهنئة والتأييد والاستعداد لمقاتلة أبناء المنصور تحت رايتي، بعد ذلك تحركت شفتا كبيرهم بوجهٍ لا يخلو من الانزعاج:

- أيها الثائر المؤمن، لقد عَلِمْنا من أمر زيدان بن المنصور ما يستثير يقظة الحذر، ويشحذ همة المقدام، علمنا أنه قد جهّز جيشًا عرمرمًا وأمّر عليه أخاه (عبد الله بن المنصور) وقد تجهَّز للقائك في (درعة)، ونحن إذ نشيرُ إلى وجوب

الحيطة لذلك الأمر فإننا ندفع بأموالنا وأروحنا لنكون طوعًا ليمينك ولبنة متينة في تراصف جيشك إلى أن يحق الحق بإذن الله.

***

أحسستُ اليوم أن الوقت قد حان لذلك، اليوم استبدلت جلباب القطن الأصفر الذي طالما اشتمل على تفاصيل الصُّوفِيّ العابد، استبدلته لأرتدي جلباب الحرير المطرَّز في أسواق فاس وأتحلَّى بالعِمَامَة الممزوجة بخيوط الذهب وخيوط الصوف المجدولة في مكناس.

خرجت في صحبة عشرين فارسًا حتى وصلتُ إلى الأطراف الغربية لسجلماسة حيث تَنْصُب القبائل المساندة خيامها وتسن سيوفها ورماحها استعدادًا للحظة التحرك نحو درعة.

لم أتمالك نفسي وأنا أسوق الْخُطَى وسط آلاف الرجال المتحفزين والمنتظرين لإشارتي والمنعقدين تحت لوائي، تَسَلّلتِ النَّشوةُ إلى فؤادي والخيلاءُ إلى كامل أطرافي.

حتى نسماتُ الربيع جاءت لتداعب ثيابي المترفة وتتثنى بينها متلاعبة بجلباب الحرير، غير أني تفاجأت بنفسي التي لم يتلاعب بها الإقدام على معركة كبرى قيد أُنملة، لم تتردد في قيادة هؤلاء الآلاف إلى غزوة كبرى ستُزهق فيها الأَرْوَاح، كأن هذه النفس

لا تخصني.. لا تخص شمس الزمان.. لا تخص العالِم الرَّبَّانِيّ.. ها.. بلى.. بل هي تخصني.. تخص الثائر الأمير ابن أبي محلي.. ولكن كيف؟! ما الذي جعلها بهذا الكمال والثبات؟!

هل هو التصديق ببشارة تلك النافذة العجيبة؟! أم هي قوة الحق الذي أنطق به؟ لا.. لا بل هي نفسي التي طالما صدَّقت ما تحلم به فانطلقت موقنة بتحقيق ذلك حتى طاوعها البشر والحجر.

هدية كبرى

اليوم هو كمال الشهرين منذ انفضَّ لقائي بابن أبي محلي في سجلماسة، لا أعلم لماذا يتلكأ ذاك الصُّوفِيّ في التحرك صوب درعة، لا أفهم كيف يلجم نفسه كل ذلك الوقت عن التحرك إلى دروب السيادة، هل تراجعت همته؟ أم هل دبَّ الخوف في قلبه؟! أم أن أمرًا يمنعه دون الانقضاض على درعة؟!

لم أَعْتَد أن أنتظر تصاريف الأيام.. ثلاثة أيام أخرى.. وبعدها سأُولِّي وجهي إلى سجلماسة لينشط ذاك المتراخي في أقدار نافذة المصير.. وإلَّا فسأصرف قدراتها نحو طموح مقدامٍ يعجِّل في إتمام مُهِمَّة العشرة آلاف نفس.

مع ساعات الضحى لليوم التالي خَرَجَتْ نافذة المصير عن سكونها، مركزها المصمت بدأ في عرض متلاحقٍ لفناء الأَرْوَاح، كان ذلك النبض يأتي من أطراف وادي درعة.

انتقلت ابتسامتي إلى فرحة حقيقية عندما تجاوز الرقم ألف قتيل.. نعم ألف قتيل ولم تهدأ النافذة بعد.. استمرت سعادتي في التمدد.. لم أكن أعي أن ابن أبي محلي كان يخبئ لي كل هذا

السخاء، نعم لم يكن تأخره إِلَّا تجهيزًا لهدية كبرى، لم أصدق عيني عندما توقفت النافذة عن الإحصاء بعد أن تجاوز العدد ثلاثة آلاف نفس، نعم.. اختياري بل اختيار نافذة المصير كان صحيحًا.. تابع يا ابن أبي محلي.. تابع.. ستقود نفسك وتقودني إلى المجد.. إلى التحكم.. إلى السيطرة.. نعم السيطرة على النيران.. على الشرور.. نيران وشرور توبقال.. هاهاها.. هاهاها.. هاهاهاهاها..

***

نافذة المصير الخارقة، نافذة المصير المسكونة بأَرْوَاح مائة مشعوذ عظيم، لم تَخْتَرْ وادي درعة من فراغ، بل كان هو الأكثر إراقة للدماء، فهنا تنبسط الأرض وتلتحم الأجساد في رحلة إلى الفناء، وهنا المركز القديم للدولة السعدية وستدافع عنه باستماتة.

بعد خبر الثلاثة آلاف قتيل في المعركة الأخيرة وجدتُني أُسارعُ الْخُطَى إلى وادي درعة بابتسامة قلّما تجد الطريق إلى شفتي، غير أن اللون الأخضر المنتشر في وادي درعة وأصناف الحياة المتناثرة لا تلبث أن تعيد قلبي إلى انقباضته المعتادة وقسماتي إلى قتامتها السابقة.

توغُّلي خلال البلدات في وادي درعة حمل لي خبرًا محفزًا لاستكمال دروب الشر، لقد كانت الغلبة لابن أبي محلي، جيشه الأقل عددًا من خصومه انتصر مَرَّة أُخرى، غير أنه فقد ثلث عدده بين قتيل وجريح.

أكملتُ مسيري إلى (زاكورة) التي خرجت من سيطرة الدولة السعدية والتي حطَّ فيها ابن أبي محلي رحله ونزل ديوان الحكم فيها ليكون مقرّه الجديد.

المشاهد تتكرر كما في سجلماسة تمامًا، المكان محاطٌ بالدراويش، والدهماء على أبواب الديوان، والأهم من ذلك أن ابن أبي محلي قد صرف كل من في مجلسه وعجَّل باستقبالي ما إن علم بقدومي، لكن التغيير الكبير الذي طرأ على مظهر الرجل بعث في نفسي التفاؤل بسواد الأيام المقبلة.

فعِمَامَته الباذخة وجلبابه المترقرق وعباءته المنسوجة على أفضل ما رأيت، لم يكن ليتغيَّر كل ذلك دون أن تتبدَّل دواخله وتميل باتجاهٍ ما، وأظنُّني عرفت ذلك الاتجاه.

- هنيئًا لك أيها الأمير الثائر.. ما زالت نافذة المصير ترعى صعودك إلى سفوح المجد وتبارك انتصاراتك وتلبسك من حُلل الإمارة حُلّة بعد حُلَّة.

هزَّ ابن أبي محلي رأسه وبدا أكثر ثقة وثباتًا من ذي قبل:

- انتصارٌ كبير.. وكلَّف مشقةً كبيرة، تصوَّر أن زيدان بن المنصور قد أمَّر أخاه (عبد الله بن المنصور) على الجيش!! لقد كان عددهم مهولًا وعتادهم عظيمًا.. ولم يُكْتَب النصر لنا إِلَّا بعد أن سقط ثلث جيشنا.. نعم هو انتصار كبير..

ولكن ما كان أن يتحقق لولا بركاتكم أيها الشيخ داغر وطبعًا بركات نافذة المصير.

- حسنًا.. حسنًا.. تحقيقك لهذا الانتصار يجعلك مستحقًّا لتسلُّم نافذة المصير اليوم ومشاهدة أيامك القادمة تتوسط سطحها الفضي.. فابسط يديك.

تسلَّم الرجل النافذة وبدأتُ أنا أتلو صلوات الأَرْوَاح، ظلَّ ابن أبي محلي يشاهد ما تعرضه نافذة المصير، اختلاسي النظرات إلى وجهه نبأني أن هذه الْمَرّة كانت لا تشبه ما قبلها، قسماته مضطربة، ملامحه تعبِّر عن الدهشة، لا مكان فيها للفرح والسرور، توقفت عن تلاوتي ورمقته بعينٍ مستفهمة:

- ماذا دهاك يا ابن أبي محلي؟! أرى في وجهك كثيرًا من الحيرة والذهول.

- لا أدري!! هذه الْمَرّة مختلفة.. لم أفهم نافذة المصير.. لقد رأيتُني وأنا أتقدم بجيش كبير تجاه مدينة مُرَّاكِش، رأيتني وأنا أقود ذلك الجيش حتى إذا التحمنا بجيش الدولة السعدية على حدود مُرَّاكِش واشتبكتِ الأسنَّة والرماح فإذا بضباب كثيف يملأ المكان، ويحول دون مشاهدتي لِمَا يجري، استمر الأمر هكذا فلم أعلم هل هُزمنا هناك أم انتصرنا.

عَلِمتُ عندها أن فرصتي قد حانت لأنتزع الرجل من بواقي آثار ضلالات الفقه والتديُّن التي أفنى عمره فيها وأرجِّح كفّة الثائر المتعطِّش للسيادة.

- اسمع أيها الأمير الثائر.. تبشِّرك النافذة بأنك تكاد تنتصر، تكاد لولا تقصيرك في تأليف صفوف المريدين وإنارة بصائر المتِّبعين.

- تقصيري في تأليف الصفوف وإنارة البصائر!! لم أفهم؟

- لقد مكثتَ زمنًا تؤمن (بالمهدوية)، ولكنك أهملت كونها تنطبق عليك، فلقد كنتَ بدار الهجرة وانقادت لك، حتى استنهضت أهلها وزحفتَ بهم، فخَضَعَتْ لك سجلماسة وهي مسقط رأسك.

فها قد جاء الوقت لتخلع على نفسك ما تبقَّى من صفات، وتبشِّر من حولك بذلك، ثم إنك أغفلت إخبار مريديك وأتباعك أن مكانتهم تعلو مكانة أتباع الأنبياء، فأولئك قد نصروا أنبياءَهم في زمن الحق، أما أتباعك فقد نصروك في زمن الباطل.

هنا أطرق ابن أبي محلي، ومد يديه ليحرك عِمَامَته، نظر إلى الأرض لبرهة ثم نظر إليَّ بوجهٍ متردد:

- فإذا فعلتُ ذلك فهل تضمنُ لي أن أنتصر في معركتي وأَدخُل مُرَّاكِش فاتحًا؟

قابلت عبارته بوجه واثق باسم مليء بالظلمة:

- أضمن لك!! بالطبع أضمن لك أنا، وتضمن لك نافذة المصير، بل وترعى خُطاك حتى تُنصِّب نفسك ملكًا على مُرَّاكِش.

اعتدل عندها ابن أبي محلي في جلسته، ورأيتُ تدفُّق دفعاتٍ من الظلمات المنطلقة توًّا من قلبه حتى استقرت في بعض قسماته.

انصرفتُ بعدها بخطواتِ المنتصر، انصرفت بعدها وماردي الشجاع يكيل لي عبارات الثناء والإعجاب، انصرفت وأنا أُدرك أني أترك خلفي رجلًا لا يشبه ذاك الذي رأيته في بني عباس، رجلًا لا تمنعه عقبات الإيمان عن المضي في دروب السيادة، رجلًا تقوده نافذة المصير إلى منتهاها ليقود أتباعه إلى مزيدٍ من الهلاك.

فاصدع بما تؤمر

بقايا تيارات الربيع الناعمة تبعث برسائلها تجاه بلدة زاكورة بوادي درعة، يكاد الصيف أن يطل برأسه ويفسد تودد نسائم الربيع إلى فروع الأشجار، يوشك الربيع أن يغادر قبل أن يكمل الأمير الثائر تجهيزاته لمعركته القادمة، لا تبدو زاكورة كسابق عهدها، فوفود العلماء والأعيان والشيوخ لم تنقطع يومًا عن ساحتها الكبرى المقابلة لديوان الحكم في البلدة.

ابن أبي محلي الذي بعث بعشرات الرسائل للقبائل والعشائر والعلماء، والتي لم تَخْلُ من طلب الدعم والتأييد والمناصرة، ها هو يستظل بسقيفته الفارهة، حيث ينتظم من تحتها مجلسه الوثير، يفترش القطن المندوف الملتحف بأقمشة الكتان متباينة الألوان، تتوزعه نمارق الحرير الزاهية، المجلس الذي يتوسطه الأمير الثائر يستقبل اليوم مجموعة أخرى من الأعيان وشيوخ القبائل.

شيوخ وأعيان، غير أن ابن أبي محلي ينفرد بتأثيره، ويطغى منطقه على الحاضرين بسحر بيانه، وتكاد جُلُّ العقول تقع تحت وطأة عباراته الرنانة.

- تعلمون يا قوم ما كان من سلاطين الهوى والشهوات في تضييع ديار المسلمين، لا سيما ما كان من أبناء المنصور، وإني أرى أنَّ الأمة لو ضربت على أيدي أولئك ثم أعطت الأمر لسلطانٍ لا يقام على حكمه برهان، فإن الأمة تكون قد ضيَّعت أموالها وأهدرت دماء أبنائها لتستبدل مصيبة بأخرى أكبر منها.

يخيم الوجوم على الحاضرين، ثم ينطلق ثغر أحدهم:

- إذن ما هو الحل يا شمس الزمان وكيف سنختار أميرًا عندنا في حكمه من الله برهان؟

يعتدل ابن أبي محلي في جلسته ويجيب بصوت واثق:

- لطالما أرشد العلماء الأفذاذ (إلى المهدوية)، وأنها السبيل الوحيد لإعادة الخلافة الإسلامية الحقَّة، وإني أرى أن أيام المهدي قد أظلَّتنا وأننا نوشك أن ننعم بالعيش في خلافته.

- ولكن كيف لنا أن نعرف من يكون في هذا البحر من أدعياء الملك؟

- أوصافه معلومة وتعيين شخصه ليس بالأمر العسير، فهو لا بُدَّ أن يكون غزير العلم حسن السجايا، ولن يكون إلَّا قرشيًّا من بني العباس، وله سيرة تكاد تنطبق مع سيرة النبي الكريم (صلى الله عليه وسلم).

فالمهدي تنتشر دعوته في دار هجرته، ومنها يتحرك إلى مسقط رأسه فاتحًا، ويكون له ذلك حتى تجتمع حوله القبائل، لينشر بهم الحق، ويكسر بهم شوكة الباطل، ويتصرف عندها بالملك والملكوت.

يعم الصمت للحظات بعد عبارات ابن أبي محلي الأخيرة، تتنقل عيون الحاضرين بين الوجوه علَّها تلتقط إشارة استحسان لمَا ذهب إليه خطيبهم الثائر، أسئلة في قسمات البعض استنهضتها المفردات المبشِّرة باقتراب وقت المهدي والإشارة شبه الصريحة إلى شخصه المحتمل.

مجموعة من العلماء والأعيان فضَّلت أن تتأخر في ذلك المجلس حتى تتراجع أعداد المنصتين، لم يَشَأ ذلك الجمع من الناس أن ينصرف دون أن يستوضح إشارات ابن أبي محلي التي كادت تبشِّر به ليكون المهدي المنتظر.

تقدَّم أكثرهم وقارًا ليسأل الأمير الثائر:

- لقد سمعنا منك يا شمس الزمان من صفات المهدي ما ينطبق على شخصكم الكريم تمامًا، ولا يكاد يفارق ما أنتم عليه، فهل تعتقد أنك أنت هو؟

أَغْمَضَ هنا ابن أبي محلي عينيه بسكينة وشبَّك بين أصابع يديه، صَمَتَ قليلًا، ثم نظر تجاه السائل مجيبًا:

- [إن قيل كلامك يحوم كله على مقام المهدي المشهور عند العامَّة بالفاطمي.. فإن كنت حَقًّا فاصدع بما تؤمر وبشرنا تؤجر وتشكر وتؤزر.

الجواب: فأما إني شاكٌّ الآن في نفسي أو ظانٌّ فلا يجوز ادعاء ذلك، فيجب الحذر والوجل، وإن كنت متيقنًا فيمنعني الإذن الخاص، كيف شاء ربنا، وإن كنت أنا هو بل إياه، والله أعلم بغيبه وليس إِلَّا عليه الاعتماد.. وبالجملة الأمر محتمل جِدًّا][1].

أعداد محدودة من الحاضرين استقبلت ما قاله ابن أبي محلي بانقباضة نفس، وبوجوه بدا عليها الانزعاج، أما السواد الأعظم من ذلك الجمع ومن جموع الأيام التالية فقد ارتاحت أفئدتهم لمَا كاد يصَّرح به أميرهم الثائر، واستبشروا باقتراب إقامة دولة الحق والعودة إلى الخلافة الإسلامية الراشدة.

أَصبَحَتْ زاكورة محطَّةً دائمة لاستقبال الوفود المؤيدة والقبائل المساندة والأتباع المريدين، أخذت الأعداد تتزايد وتتزايد واضعةً نفسها في تصرف من تعتقد أنه إمامهم المهدي.

لم يكن ذلك الأمر ليحظى بالتأييد المطلق، فمجموعة من العلماء الْحُصَفَاء اختارت أن تواجه ذلك الادعاء وتقطع على ابن أبي محلي الخوض بآلاف المقاتلين في معركته المقبلة على مداخل مُرَّاكِش.

---

(1) مخطوط المهراس ورقة 10.

ففي نهارٍ انقطعت فيه نسائم الربيع حضر الشيخ (أبوالعباس التواتي) يتقدم مجموعة من علماء فاس وغيرهم، حضر مجلس ابن أبي محلي الذي ازدحم بالأعيان والدَّهْمَاء على حَدٍّ سَوَاء، ألقى التحية الواجبة ثم استأذن في طرح سؤالين:

- لقد بَلَغَنا يا شمس الزمان على لسان العامة نقلًا عنكم أمران أشكل علينا فهمهما.. فالأول: إشارتك صراحة أنك أنت المهدي المنتظر المشار إليه في صحاح الأحاديث، والثانية: ادعاؤك أن أصحابك خيرٌ من أصحاب النبي (صلى الله عليه وسلم).. فما تقول فيما سمعت؟!

توجَّه ابن أبي محلي بنظرات ثاقبة نحو السائل، تنحنح، ثم استجمع في حنجرته نبرة جهورية:

- أما الأمر الأول فهو كما سمعت.. وقد توافرت على إقامة الْحُجَّة في ذلك الشواهد والعلامات والشروط، أما أصحابي [فإنهم أحسن من أصحاب النبي لأنهم يناصرون الحق في زمن الباطل، أما أصحاب النبي فإنهم ناصروه في زمن الحق][1].. فلذلك نعم هم كما سمعت.

اختلف هنا وجه أبوالعباس التواتي وأخذ يتلفَّت في وجوه الحاضرين، تتقلب عيناه ليتفاجأ أن ما من ملامح استياءٍ أو

(1) ابن أبي محلي الفقيه الثائر ورحلة الإصليت الخريت - ص 64 .

استهجان، يكاد الجميع في مجلس ابن أبي محلي أن يصدقوا واثقين بادعاءات صاحبهم، خطوات منكسرة أخذتِ الشيخ السائل ومرافقيه العلماء وعددًا محدودًا إلى خارج ذلك المجلس.

خطوات منكسرة لا تُقارَن بانكسار نفوسهم على الآلاف من بني جلدتهم الذين اختاروا تصديق ابن أبي محلي وسخَّروا أجسادهم وأموالهم ليكونوا وقودَ معركته القادمة.

الغلبة لمن؟

كم أكره الانتظار، كم أكره المكوث هنا في (تامسليت) لأنتظر تلك الأقدار المقيتة لتأتيني بخبر ما، قبل عدة أشهر كنت أترقَّب خبر نيران توبقال وهي تلتهم بقايا والدي، واليوم ما زلت أنتظر خبر ابن أبي محلي، ذاك المتراخي الذي لم يَحْزِم أمره بعد، غريب كيف اجتمعت له تلك الآلاف المؤلفة من المقاتلين والمؤيدين والعشائر المساندة وما زال يخشى التوجّه إلى مُرَّاكِش.. ها.. معلوم أنه سيتردد كثيرًا قبل أن يُقْدِمَ على ذلك، فنافذة المصير هذه الْمَرّة لم تبشره بانتصار مؤكد أو هزيمة محتومة..

الصيف يكاد يلفظ أنفاسه الأخيرة ومدَّعي الشجاعة ذاك ما زال يتردد في أمره، رغم أني أرشدته إلى المفاتيح السحرية التي تكسبه التأييد وتحشد حوله آلاف الداعمين، غريب أنه لم يقاوم جاذبية بسط سيطرته على مُرَّاكِش واستجاب لنصائحي التي يعلم تمامًا بتناقضها من الحقيقة، بل ويعلم بتضاربها مع ما يسمونه أولئك بعلوم الفقه، غير أنه في النهاية لم يستفد من كل ذلك الزخم الداعم لمعركته المقبلة.

الطَّرَقات على باب منزلي ليست بالأمر المعتاد، هذا هو سفيان يقف خلف الباب، رغم قبح ملامحه التي ما زال يخفيها الباب إلَّا أنه طالما بشرني بأمورٍ جَيِّدَة، غريب كيف أن العوام ما زالوا لا يقدِّرون قيمة القبح!

أزحت الباب إلى جانب الجدار فإذا به ما زال يلتقط أنفاسه، توجَّه نحوي بعبارات منهكة:

- جاء الخبر اليوم يا داغر، لقد تحرك ابن أبي محلي من زاكورة قبل يومين باتجاه مُرَّاكِش، تحرك بجيش كبير.. كبير جِدًّا رُبَّمَا تجاوز عشرة آلاف مقاتل.. تصوَّر هذا العدد المهول!!

- ماذا؟!‏ ماذا قلت بحق الجحيم؟! هل تحرَّك فعلًا.. هل أنت متأكد؟

- نعم.. بالطبع أنا متأكد.. وإن كُنتُ لا أعلم هل سيتمكن ذلك الثائر من مواجهة القوة الضاربة لجيوش الدولة السعدية؟!

- لا تستقل بذلك الجمع يا صديق.. فلقد حُقِنَتْ دماؤهم بما يجعلهم يطلبون الرَّدَى في ظل الرماح والأسنَّة كما يطلب غيرهم السلامة.

عَرَفْتُ هنا أن نافذة المصير ستكون خلال أيام على موعد رُبَّمَا هو الأكبر لإحصاء الأَرْوَاح.. عدد كبير من القتلى سيسقط ولا ريب

في المعركة المنتظرة.. الغلبة لمن؟! لا يهم.. المهم أن الحصيلة ستكون كبيرة.. كم أتمنى أن تكون أكثر مما أتصوَّر وتكمل نافذة المصير إحصاء العشرة آلاف نفس.. نعم ليته يكون.. ليتها تكمل العدد المنشود.. لأتوجه مباشرة إلى جبلي الأشمّ، إلى جبل توبقال وأتلو صلواتي هناك وتنصاع لي جميع الأَرْوَاح والنيران، وأكون حينها سيد نيران توبقال.. نعم نيران توبقال.

الفصل الثالث
صيف 1613

خَلْفَ ذلك الْأُفُق

وجدتُ نفسي في نهاية المطاف أنساق إلى نداء المغامرة، قطعة قماش كبيرة تفترش أرض حجرتي، ها هي أمتعتي البالية تتسابق إلى وسط تلك القماشة، رُبَّمَا بسبب بعض الجَلَبَة أو رُبَّمَا بإحساس الأم، تفاجأت بيدها الحانية تهبط على كتفي في ذِرْوَة انشغالي بإحكام أطراف القماش على أشباه الأمتعة تلك.

- بُنَيْ.. ألم نتفق على أن تصرف النظر عن هذا السفر؟! لماذا العناد يا أسامة؟! أرجوك تراجع عن هذا الأمر وأرح قلب أمك يا حبيبي.

لم أتمكن من سماع تلك المفردات والنظر إلى وجهها الحزين دون أن تستدعي عيناي بعض ما يبلل وجنتيَّ.

- أنا الذي أرجوك يا غالية.. أرجوك لا تقلقي على أسامة.. إنه ابن العشرين عامًا ولم يعد صغيرًا يا أمي.. أرجوك يا أمي.. أنا لن أعصي لك أمرًا.. ولكن.. ولكنه السفر، وأجد نفسي مندفعًا نحوه واضعًا كل آمالي خلف ما تخبئه لي تلك المغامرة، هل تعلمين ماذا يعني لي أن أصل إلى مدينة مُرَّاكِش؟ مدينة

الذهب وسحر الغرب، قافلة الشيخ أبي بكر لن تتوقف في الشام إِلَّا ليومٍ واحد ولن أفوِّت تلك الفرصة يا أمي.

لم تكن حيلة والدتي لتنتهي بمجرد انتهاء ذلك الحوار، قلبها الرقيق الذي لا يقوى ألم الفراق ها هو يستدعي ما حوله من أسباب ليحول بيني وبين شروعي في ذلك السفر.

بعد أن رجع أبي إلى الدار مساءً وأراح بدنه من عناء اليوم، واستمع بتأثر إلى بعض نشيج زوجته، شرع يناديني بصوت جَهْوَرٍ ليسمعني ما عنده.

- ماذا هناك يا أسامة.. أُمك تقول إنك تجهِّز للسفر.. ألم نتَّفق على تأجيل ذلك الأمر؟!

- بلى يا أبي، كان ذلك قبل ستة أشهر.. وحتى لو أمرتني بأن أُلغي الفكرة تمامًا فسأكون مطواعًا لك يا والدي.. ولكن أرجوك لا تقف في طريق ولدك.. أجد مستقبلي وآمالي تنتظرني خَلْفَ ذلك الْأُفُق.

- ولكني لا أفهم يا أسامة.. أنت تعيش في الشام، الناس تأتي هنا لطلب الرزق، وأنتَ تريدُ أن تترك هذا المكان لتطلب الرزق في مكان آخر!! ألا ترى غرابة ما أنت فيه؟!

قررتُ هنا أن أُرخي قسمات وجهي، وأجلس مجاورًا لأبي وأبدأ في خفض نبرة الحديث.

- ليست الأموال هي ما أطمح له.. بل المغامرة.. الارتحال.. دروسٌ ومشاهد لن أراها إِلَّا إذا تحركت في أصقاع المعمورة.

سكت أبي قليلًا، نظر إلى الأرض وأخرج دفعةً قوية من أنفاسه، ثم نظر إليَّ قائلًا:

- لم تَعُدْ صغيرًا يا أسامة ولن أُكرهك على شيء، ولكن قل لي كيف ستقنع أم أسامة بذلك؟!

إنها خمسون قطعة ذهبية

طالما سمعتُ قصصًا من أبي أثناء طفولتي عن فيضان النيل وكيف تسللت المياه إلى الأراضي الزراعية حتى أفنتِ المحاصيل وباغتتِ الدوابَّ وعاش الناس بعدها فصولًا من النكد والبؤس وضيق الحال، لكن ما شهدته هذه السنة بأمِّ عيني هنا في حُلْوَان يفوق ما تناقلته الألسن.

صحيح أنني لم أتجاوز الثانية والعشرين من عمري بعد، غير أن ما رأيته هذه السنة كفيل بأن يطبع في أعماق ذاكرتي مشاهد لا أظنها تفارقني ما حييت.

محصول الباذنجان الذي زرعه والدي في أرضه الصغيرة المنزوية في الضواحي الغربية لمدينة حُلْوَان كان في طريقه للجني بعد أسبوعين فقط، المحصول الذي بات يقبع في قعر بحيرة ضحلة من المياه الكدرة، رُبَّمَا كان من الأهون على قلب أبي أن يغيب عن ذلك المشهد الأليم، ويكتفي بالتحسُّر على أرضه الغارقة في مياه النيل الغادرة.

مرَّت عشرة أيام على المصيبة والمياه ما زالت لم تبرح مكانها، بقي والدي ملتزمًا بيته ولم نفلح في إعادة الابتسامة إلى محيَّاه،

غير أني اليوم قرأت في عينيه كلامًا فجلستُ مقابلًا له لعلِّي أحظى ببعض المفردات.

- هوِّن عليك يا والدي.. نحن ولله الحمد بألف خير، الأرض سنزرعها بإذن الله.. ما دمتَ تنعم بالصحة والعافية فكل المصائب دون ذلك صغيرة.

لم تخفف تلك الكلمات من حزن أبي ولو جزءًا يسيرًا، هزَّ برأسهِ لثوانٍ، ثم توجه إليَّ قائلًا بوجهٍ كئيب:

- نحن بخير إن شاء الله.. لكن.. لكن أنت لا تعلم ما نحن فيه يا محمود.. لقد استدنت أموالًا كثيرة لأجهِّز الأرض وأَحرثها وأَبذرها وأَستكمل زراعتها، إن أموالًا طائلة كنت سأدفعها من عائدات بيع الباذنجان.. وكما ترى، عجَّل علينا النيل بفيضانه ولم يسلم لنا شيء من محصول الأرض.

تسلل الهمُّ إلى صدري بعد كلمات الوالد تلك ولكنِّي اصطنعت بعض التفاؤل وبادرته بسؤال:

- وكم هو المبلغ يا أبي؟ ومتى عليك أن تسدده؟

- إنها خمسون قطعة ذهبية، ويجب أن أسددها قبل بداية الموسم القادم، وإلَّا فإني سأخسر كامل الأرض التي قدمتها ضمانًا لذلك المبلغ، أتمنى أن يكون عندي حل

لتلك المعضلة، ولكن للأسف، يبدو أننا سنخسر تلك الأرض إلى الأبد.

هنا كان وجه أبي قد احمرَّ تمامًا، الدموع تجمدت في محجر عينيه، لم أسمح لنفسي برؤية ذلك المنظر دون أن أحرك ساكنًا.

كان أبي الخيمة الحانية التي تحمي عائلتنا الصغيرة من تقعُّر وجه الزمن، دكانه الضيِّق لم يكن يؤمن إِلَّا دراهمَ معدودة تبقينا بالكاد خارج دائرة الفقر، جسده المنهك أعطى جُلَّ ما عنده، ولم يعد يقوى على حيلة أخرى يستجلب بها الرزق.

أقصى غرب الدنيا

لا أدَّعي أن أمي وافقت بقلبٍ راضٍ، ولكنها أخيرًا بدأت تستبدل عبارات الرفض بوصايا الاهتمام بالنفس والتحذير من مخاطر الأسفار.

- اسمع يا أسامة.. اسمع يا حبيبي.. انتبه جَيِّدًا لنفسك ولا تَشْغَل قلب أمك.. لا تثق بالغرباء ولا تُحمِّل نفسك فوق طاقتها، وانتبه إلى دوابِّ الأرض إذا باتت قافلتكم في العراء و..

استَكْمَلَتِ الوالدة نصائحها الدقيقة وأَسْهَبَتْ في تفاصيلها، اصطَنَعْتُ وجهًا منتبهًا وعينين متأثرتين، لكنِّي حينها كنت مشغولًا باللحظة التي سألحق فيها بالقافلة خارج ريف دمشق، حيث ستنطلق غدًا قافلة الشيخ أبي بكر العائدة إلى الدولة السعدية في بلاد المغرب، هناك إلى أقصى غرب الدنيا.

ستنطلق القافلة من جوار بوابات دمشق الشرقية، ويجب عليَّ أن أحثَّ الْخُطَى قبل الفجر لأصل هناك في الوقت المناسب.

***

الأيام العشرة الأولى لم يشبه أحدها الآخر، طريق القافلة إلى مُرَّاكِش مرورًا بفلسطين تنوعت معه المشاهد والمشاعر والآمال، صوتُ أمي وهي تودعني دامعة العينين لم يهجر مسامعي رغم تباعد المسافات، غير أني كُلَّمَا طالعتني الأيام بأرضٍ جديدة زاد إصراري وانتفضتْ حماستي لمواصلة ما أنا فيه.

رغم تحيُّزي إلى غُوطَة دمشق وثمارها ومياهها إِلَّا أن مرورنا بأرض فلسطين جعلني أُعيد النظر في تقييم المكان الذي تحركت منه، اللون الأخضر لم يشبه ما اعتادت عليه عيناي، السهول الودودة احتضنت خُطانا برفق ودعة، ارتشافتي الأولى لماء تلك البلاد أَدْرَكْتُ معها أحد أسرار البركة وانتعاش كل ما تطاله العين.

أيام قليلة ثم بدأنا انتقالًا قاسيًا على النفس، لون الحياة معدوم، المياه شحيحة، نسمات الهواء المنعشة تستبدل بهجير يلفح الوجه، أربعة أيام ثقيلة قطعناها وسط صحراء جدباء، رمال ورمال وتشكيلات صخرية متناثرة، رُبَّمَا خجلت رمال الصحراء من تكديرها لمزاجنا فأعادت تشكُّلَها لتكوِّن كثبانًا أدركنا سريعًا أنها من نفس تلك الرمال.

بداية العمران على مدخل القاهرة أعاد للنفس اتزانها، تُراقِبُنا بيوت مصر منزلًا تلو الآخر حتى تبالغ في ذلك موصلة إيّانا إلى ساحة القوافل وسط القاهرة.

لا تستهويني

لم أكن ذلك الشاب الذي يهوَى الأسفار ويروق له الاغتراب عن الأوطان، لم أكن واثقًا من قدرتي على إنقاذ أرض والدي، ومن خلفها إنقاذ أسرتي من خطر تراجع الحال، وقسوة براثن الفقر، لم أكن متأكدًا إِلَّا من اتجاه الأنظار نحوي لأصنع معجزةً ما تحفظ أرض الباذنجان الغارقة في تعكُّر مزاج النيل.

بعد أن قَاوَمَ أبي اندفاعي المصطنع لعدةِ أيام ها هو يوافق أخيرًا على خروجي مسافرًا في محاولة شبه مستحيلة لأجني خمسين قطعة ذهبية، ثم أعود أدراجي خلال مدة يجب أن لا تتجاوز الستة أشهر.

«إلى أين العزم يا بُني؟» عبارةٌ باغتتني بها والدي.. لم يكن لديَّ جواب يشفي غليل سؤاله، لم تكن مدن وقرى مصر أفضل حالًا من حُلْوَان فالنهر لم يُوَفِّر جهده في بلوغ ضفافه وتجاوزها عبر السواد الأعظم من شراايينه المترامية، وحتى لو سَلِمَتْ مدينة هنا أو هناك فما هو العمل الذي سأجني منه كل القطع الذهبية تلك؟!

***

لم أصدق عمي صابر حين أخبرني البارحة فور عودته من القاهرة أنه استطاع -بمعرفة أحدهم- أن يحجز لي مكان الصبي المساعد للشيخ أبي بكر، الصبي الذي توعَّك خلال الرحلة الأخيرة، واضطر أن يمكث في القاهرة ليتلقَّى فيها العلاج.

أَذهبُ اليوم رغم أن القافلة ستتحرك من القاهرة بعد يومين، لا أعلم لماذا حَرَصْتُ على الذهاب قبل الموعد؟! رُبَّمَا لجاذبية الطريق إلى مُرَّاكِش، كيف لا وهي عاصمة الدولة السعدية المشهورة بثرائها، أو رُبَّمَا للقطع الذهبية العشر التي ستكون من نصيبي عند وصولنا هناك، ناهيك عن العشر الثانية حين نعود، أو رُبَّمَا لأني أخاف فعلًا أن لا تؤمِّن لي الأيام المقبلة فرصة أفضل من هذه.

رغم أني لا أعلم إلى الآن كيف سأتدبر ما بقي من القطع الخمسين، إِلَّا أنني دفعت نفسي إلى القارب المتوجه شمالًا عبر نهر النيل إلى القاهرة، كم كان عجيبًا ذاك النهر، لم أرَ في حياتي تناقضًا ومراوغة تصل إلى هذا الحد، كيف تسرَّب إلى محاصيلنا بكل لؤم! وسبَّب لي معضلة تكاد تنسف استقرار نفسي، وكيف به اليوم وهو يحملنا بهذا الهدوء والسكينة ليسهل لنا بلوغ غايةٍ كان هو السبب لاضطرارنا للوقوف على أبوابها.

القاهرة.. تلك المدينة المزدحمة بالأوجه والمفردات والتفاصيل، خطوات البشر تشير إلى كل اتجاه، أصواتهم تختلط، دروبهم تتقاطع،

حاولت أن أحافظ على استقامة طريقي الذي أردت أن يوصلني إلى ساحة القوافل وسط المدينة، رغم أن حُلْوَان لا تبعد كثيرًا إِلَّا أنني قلّما آتي إلى هنا، المدن الكبيرة لا تستهويني، أصبحت أعلم الآن أن المرء لا يستطيع حصر ما يفعل على ما يستهويه وحسب.

***

لم تَلْفِت انتباهي مباني القاهرة ثنائية الارتفاع، ولا المشربيات الخشبية المتفرعة من مستواها العلوي، لم تلفت انتباهي رغم انعدامها في حُلْوَان، لم تلفت انتباهي أو رُبَّمَا فَعَلَتْ قليلًا، لكنِّي على كل حال تابعتُ خُطَاي مجتهدًا حتى وصلت إلى ساحة القوافل، صفوفٌ متعاقبة من الجِمَال الباركة على امتداد الساحة، بعضها قد أُحكمتْ على أمتعتها أقمشة ثقيلة بلون رمال الصحراء، أَمَّا البعض الآخر فتجمع الناس من حولها بين مشاهدٍ لتنوع البضائع، وتاجر علَّه يحظى بصفقة مربحة من صاحب ذلك البعير قبل أن يهم بمتابعة مسيره بعد أيام معدودة، لم تكن جاذبية المنظر أقل من أن تُحيلني إلى متحلِّق حول تلك الجِمَال أراقب أقصى ما تدركه حواسي.

لم أتوقع أن تحمل ظهور الدوابِّ كل ذلك الإبهار، إبريق نُحَاسٍ بلون الذهب شديد اللمعان يتباهى بنقوش متقنة حول خصره، عباءةٌ مزخرفة بألوانٍ متباينة، يشي تلاعب الهواء بأطرافها بأنها نُسجت من الحرير، خِنْجِرٌ معكوف خُبِئَ نصله في غمد من الفضة المطعمة بالعاج.

ظلَّت عيني تتابع الدهشة من حولها، أَخَذَتْ قدماي تتحركان بانصياع إلى جاذبية المحيط دون إدراكٍ منِّي، غير أن آخر ما طاله بصري لم يستطع أن يترجمه عقلي إلى أمرٍ مفهوم، قطعةٌ خشبية طويلة داكنة اللون حُفّت أطرافها بعناية، أُنبوب حديدي سميك ذو فتحة ضيقة يمتد على معظم الجسم الخشبي.

تعطلتْ قدماي عن المضي قُدُمًا، أَخذْتُ أقترب منه أكثر لأرى تلك التفاصيل الغريبة، بروزٌ معدني من الأعلى برأسٍ معكوف، يمتد الجزء الباقي من الجسم الخشبي ليأخذ شكلًا منحنيًا وأكثر عرضًا على هيئة شبه مثلث، لم أتجرأ على لمس ذلك الشيء، ولكني أمضيت وقتًا ليس بالقصير وأنا أرسل إليه النظرات الفاحصة.

أحدهم يقترب بخطواتٍ متمهلة من خلفي:

- مرحبًا يا أخ.. لَا بُدَّ أنك ترى هذا الشيء لأول مرَّة.. قبل أيام كنتُ مثلك تمامًا.. هذه تسمى (بندقية).

التفت مندهشًا، وأَدركتُ حينها أن تسمُّري الطويل قد لفت انتباه أحدهم، شابٌّ في مثل سني حسن الهندام، لم تكن ملامحه تشي بانتمائه إلى أرض النيل.

- بندقية؟! إنها الْمَرّة الأولى التي أرى فيها هذا الشيء، ولكن ماذا تصنع هذه البندقية وما فائدتها؟

قبل أن يباشر الشاب بالإجابة على سؤالي، تقدَّم نحونا رجل في منتصف العمر يبدو أنه صاحب البضاعة الغريبة تلك.

- مرحبًا يا أسامة.. هل تعرف هذا الشابَّ.. إذا كان يريد بندقية فسنبيعها له بثمانية دنانير فقط.. وسنزيده عشر أوقيات من البارود الممتاز.

التفتُّ بوجه مُحرجٍ تجاه الشاب:

- شكرًا يا أخي.. لم أتِ هنا لأشتري شيئًا.. أنا هنا فقط لألتحق بقافلة الشيخ أبي بكر المتجهة إلى مُرَّاكِش.

ارتفع حاجبا الشاب وارتسمت على وجهه نصف ابتسامة:

- ماذا قلت؟! قافلة الشيخ أبي بكر !.. أهلًا وسهلًا لقد وصلت.. مرحبًا بك يا.. عفوًا ما الاسم الكريم؟

- محمود.. أخوك محمود من حُلْوَان.

مدّ الشابُّ يده بوجه مبتهج قائلًا:

- وأنا أسامة.. أخوك أسامة من الشام.

خلال الدقائق التالية وبعد حوار ودود مع ذلك الشاب عرفت أنه تحرك من أطراف الشام ليصل إلى مُرَّاكِش عبر قافلة الشيخ أبي بكر، الشيخ أبوبكر الذي يقطن في نُزُل قريب من ساحة القوافل ويجدر بي أن ألتقيَ به قبل أن تهمَّ القافلة بالمسير خلال يومين.

رافقني أسامة إلى ذلك النُّزُل، تَوَقّفتْ قدماه قبل الباب ودخلتُ وحيدًا، بخلاف موظف النُّزُل خلف الطاولة المرتفعة كان أَحدُهم

يجلس على مقعد وثير في طرف المدخل، أَرسلتُ نظراتٍ خاطفة نحوه فإذا به يرمقني بعينٍ ثابتة، ملامح مهيبة، وجه وقورٌ حازم، لحية متوسطة اختلط فيها البياض والسواد، عِمَامَة باذخة وعباءة مطرَّزة داكنة اللون.

- هل أنت ذلك الشاب من حُلْوَان؟

جاوبته بعد أن قَلَّصتُ المسافة:

- نعم يا سيدي.. أنا محمود وجئت من حُلْوَان.. في خدمتك يا سيدي.

زاد الرجل من حِدَّة نبرته قائلًا:

- هل أخبرك عمك صابر عن سبب استبعاد الصبي المساعد من قبلك؟
- نعم يا سيدي.. أخبرني أنه توعَّك فاضطر أن يمكث في القاهرة ليتلقى العلاج.

هزّ الشيخ أبوبكر برأسه وارتفع حاجباه:

- هذا ما أخبرته أنا به.. ولكن الحقيقة أن ذاك الشابَّ لم يكن مريضًا.. بل أبعدناه عن القافلة وحرمناه من أُجرته لأنه فشل في مهمته.

اسمع يا محمود رُبَّمَا سألتَ نفسك لماذا تعطي هذه القافلة عشر قطع ذهبية لمجرد الخدمة فيها لرحلة لا تتجاوز أربعين يومًا..

وربما جاوبتك نفسك: بأن أصحاب القافلة كرماء.. ولا شك أن نفسك لم تصدقك القول.. كونك الصبي المساعد للشيخ أبي بكر يعني أنك مسؤول عن حفظ ومراقبة جميع البضاعة المرتحلة.. البضاعة الأكثر قيمة والأعلى سعرًا في هذا المكان من العالم.. جواهر وتحف ونوادر وقطع ذهبية وبنادق.. ستكون أنت المسؤول عن وصولها كاملة سليمة.. نعم.. أو أن تُحرَمَ أُجرتك ونتركك في أقرب محطة قادمة.

بدأ بطني هنا يشتكي من فرط سيولته، لا أدري إذا وصل شيء من ارتباك نفسي إلى قسمات وجهي، لكنِّي وعلى غير عادتي اصطنعت ثقة عالية ورددت على عبارة الرجل بوجه مطمئن:

- أبشر يا شيخ.. سأكون عند حسن ظنك.

كدت أنسى

لا أعلم إن كانت الشمس تجري بأسرع مما ينبغي لها، أم أن نفسي المتمهلة لم تلاحظْ تعاقب السنين من حولي، لا أجدني أعي أنني قد بلغت الثامنة والأربعين فعلًا، دواخلي لا تعترف بهذه الحقيقة.. نعم هي لا تعترف.. رُبَّمَا لأنها لا تريد ذلك.. ربما.. أو رُبَّمَا طفولتي التي يجب أن لا تحتسب في سنوات عمري.. ربما.. أو رُبَّمَا بسبب ارتحالي المستمر الذي استحوذ على نصف حياتي أو أكثر وحرمني الاستقرار في مدينتي ووسط أحبتي.. ماذا!! حرمني..!! استغفر الله!! استغفر الله، لا أعلم كيف هي نفس ابن آدم!! ما إن تُرخي أذنها لعبارات الاسترحام حتى تنصاع لذلك الوهم..

كِدتُ أنسى وأنا في غمرة تأسُّفي على سنوات عمري الفائتة ما أنا فيه اليوم، كِدتُ أنسى أني الشيخ أبوبكر صاحب القافلة الشهيرة، القافلة التي تنطلق من مُرَّاكِش وتجوب المدن والبلدان وتعبر الوديان والأنهار ولا تقف حتى تحطَّ رحالها في مدينة (بورصة)، ولا تحمل قافلة في أراضي العرب من التحف والذهب والنفائس كما تحمله قافلة الشيخ أبي بكر... الشيخ أبوبكر الذي يحسده عامة الناس ويتمنون جزءًا من مكانته وأمواله.. ياه اللهم لك الحمد.

سيتخلص مني

قافلةٌ تمتد لأكثر من مائتي ذراع وتحتوي أكثر من ستين بعيرًا، كان من المفترض أن أكون مسؤولًا عن التفقد الدائم لثبات أمتعتها على ظهور تلك الدواب، ومُطَالبًا بالسعي محاذيا لها بين وقتٍ وآخر، ومحصيًا لكل جِمَالها وأفرادها مع كل طلوع شمس، يُطلب كل ذلك من الذي لم يغادر حُلْوَان إِلَّا نادرًا، ولم يقطع في حياته طريقًا يبعده عن أرض مصر التي ارتحلنا عنها منذ سبعة أيام.

كل يومٍ يمضي في هذه الرحلة يخلِّصني من بعض رهبة هذه التَّجْرِبَة، ولكنه يرمي نفسي بأضعاف ذلك مما يختبئ وراء ذلك الْأُفُق من أمامي، ما زالت الرحلة في أولها وما زلتُ لا أدري كيف سأتدبَّر أموري في مُرَّاكِش؟.. هذا إذا وصلت إلى هناك طبعًا.. والأموال.. لا أدري كيف سأجني القطع الذهبية المتبقية؟.. هذا طبعًا إذا حظيت بالأولى.

المشكلة أن الشيخ أبا بكر هذا جادٌّ وحازمٌ جِدًّا.. لا أشك أنه سيتخلص مني مع أول خطأ.. ياه.. أتمنى أن لا يقع ذلك الخطأ.. كنت أتوقع أن تكون أيام الارتحال كفيلة بأن يلين جانبه تجاهي

قليلًا.. لكن.. لكن لا بأس.. أرضُ أبي المنكوبة تستحق أن أتجاسر على مخاوفي، وأن أمضي قُدُمًا.. نعم أمضي قُدُمًا وأحقق ما خرجت من أجله.

(ما خرجت من أجله) هنا تذكَّرت مرافقنا في القافلة (أسامة)، ذلك الشاب من أطراف الشام، كيف تجرأ على هذه الرحلة الطويلة المتعبة لمجرد أنه يريد المغامرة، لَا بُدَّ أنه...

كأن الشيخ أبوبكر يناديني.. نعم ها هو يلوِّح لي من مقدمة القافلة.. خير لي أن أذهب تجاهه على عجل لأخدمه فيما يريد.

بعض القسوة

لم أكن أمانع لو استقرت القافلة وقتًا أطول في القاهرة، فأنا لم أتحرك من الشام إِلَّا لمشاهدة العالم من حولي.. لكن لا بأس ما دام ذلك سيعجِّل بوصولي إلى مدينة مُرَّاكِش.. نعم أتوق أن أَحُطَّ رحالي بها، وأطلق قدميَّ وناظريَّ في شوارعها ووسط أسواقها..

أيام الارتحال تنسحب متثاقلة، ما زال أمامنا شهر قبل الوصول.. ياه.. كيف وأنا محمول في هذه القافلة المترفة.. هنا لمحتُ الشاب المصري من حُلْوَان الذي أرهق نفسه بين غدوة وروحة وتدقيق في حمولة كل بعير مع استجابة دائمة لصيحات الشيخ أبي بكر، كيف لي أن أتذمَّر من طول الطريق.. إذن فماذا عساه يقول ذلك الشابُّ؟ خيرٌ لي أن أحمد ربي وألتزم الصبر.

رغم إعجابي بالشيخ أبي بكر وقدرته الفائقة على فرض هيبته، وإعلاء روح الانضباط، وحفظ القافلة بأدق تفاصيلها إِلَّا أنني رأيت في نظراته بعض القسوة، والكثير من الانزعاج، أو رُبَّمَا القلق، لا أعلم ما الباعث على ذلك؟! ولكن ما أعلمه جَيِّدًا

هو أن لديَّ أسئلة كثيرة حول مُرَّاكِش والدولة السعدية وتفاصيل أخرى.. أسئلة كثيرة وليس هناك أجدر منه للإجابة عنها.. ما زلتُ أتحيَّن الفرصة أثناء رحلتنا.. ولكن.. قريبًا.. نعم قريبًا جِدًّا سأجد تلك الفرصة.

أين ذهب عقلي؟!

حسبتُ أن نفسي المترقبة هي من جَرَّ عليَّ بعض الحذر المفرط، رغم أني بالكاد قطعتُ نصف الطريق، إِلَّا أنني بالفعل حذرٌ مما ينتظرني في مُرَّاكِش.

رغم سنواتي الطويلة في الارتحال ونقل النفائس من مدينة إلى أخرى، إِلَّا أنني لم أستطع أن أقاوم ما رأيته في بورصة، البنادق الحديثة التي تقذف البارود المشتعل، ارتفاع ثمنها لم يمنعني من أن أشتري حمولة ثمانية جمال، سبحان الله، البضاعة التي يفترض أن تجلب لي الأمان وسط دروب الصحراء ها هي تبعث في نفسي الخوف، أين ذهب عقلي؟!

لو علم جنود (ابن أبي محلي) بأمر البنادق فلا شك أنهم سيوقفونني على مداخل مُرَّاكِش وسيجبرونني على أن أبيعها لهم.. هذا إن لم يأخذوها عَنْوَةً.. عندها ستكون خسارة المال هي الأقل وطأة.. لا شك أنهم سيستخدمون البنادق لتثبيت حكم ابن أبي محلي لمدينة مُرَّاكِش ويتسببون بفقد مزيدٍ من الأَرْوَاح.. ياه.. الآن علمت لماذا يضيق صدري ويرتبك فؤادي كُلَّمَا اقترب موعد الوصول إلى مُرَّاكِش.. لكن.. لَا بُدَّ من حَلٍّ لهذه المُعْضِلَة.

عمائم زرقاء

رمال الصحراء في شمال إفريقيا لم تَمَلَّ بعد من احتضان خِفَاف الجِمَال، الدُّرُوب القاحلة ما انفكَّت تنقل قافلة الشيخ أبي بكر المتجهة غربًا، لا تنوي القافلة أن تُطيل زمن الارتحال فتواصل المسير الحثيث، وتقتصر على وقفات خاطفة بقدر ما يلزمه التزود بالماء والمؤنة.

مع انتصاف الرحلة وقبيل ساعة الظهيرة يكون البضع وستون جملًا قد مَرَّ جميعهم بمحاذاة مدينة (الزاوية) في آخر أطراف أراضي (طرابلس الغرب)، وتستمر الوجهة غربًا.

في أول وقت العصر تعبر قوائم الدواب أرضًا مليئةً بالتلال والتشكيلات الصخرية، قرص الشمس يواجه الرَّكْب والظلال ترتسم من خلفهم ولا شيء غيرهم يتحرك في ذلك المكان المقْفِر، التضاريس المحيطة تراقب أولئك المرتحلين بصمت، تراقبهم وكأنها تتمنى مكوثهم بينها ولو قليلًا، تتمنى ما يبعث الحياة ويكسر جمود الصحراء إلَّا من لفح ذَرَّات التراب الحارقة.

أخيرًا تنوي تلك التلال الداكنة أن تُخرج من بين ثناياها ما يكسر رتابة المشهد، ستةُ جِمَالٍ رشيقة تنطلق بسرعة الخيول يعتليها

رجال أشداء يعتمرون عمائم زرقاء كبيرة تلتفُّ حول الرؤوس ولا تُظهر من الوجوه إِلَّا ما يسمح بالإبصار، تُثير تلك الجِمَال الأتربة من خلفها وتتجه مسرعة إلى مقدمة القافلة.

الشيخ أبوبكر الذي شاهد مثل ذلك المنظر فيما سبق لم ينتظر حتى يقترب، قاطعو الطريق أكثر من ذلك، ها هو يصيح بأعلى صوته ليأخذ رجاله المقاتلون استعدادهم لمواجهة أولئك المعتدين.

خلال لحظات يكون ثمانية من الرجال في القافلة قد استلُّوا سيوفهم وشكَّلوا حاجزًا بين القافلة والمهاجمين، صوت احتكاك السيوف ينزع فتيل الصمت ليُعلن بدأ الالتحام، ضربةُ سيف هنا وانطلاقة رمح هناك يواجهها المدافعون بكل بسالة، رجاحة عدد المدافعين لم تُتَرْجَم إلى رُجحان كفَّتهم، قتالهم مترجِّلين وبراعة المعتدين ومهاراتهم الفائقة في القتال نبأت بأن انتصار أصحاب العمائم الزرقاء لن يكون إِلَّا مسألة وقت.

قلوب أصحاب القافلة تكاد تنخلع من مكانها، أعينهم لا تكاد ترفُّ، الجماعة المتصديَّة من جانبهم لا تستطيع أن تصدَّ الهجوم لوقت طويل، صليل السيوف وضرباتها الخاطفة تصبح أقرب إلى الجِمَال المتعاقبة.

الشيخ أبوبكر يبقى خلف ناقته يراقب تراجع مقاتليه، كأنه ينشغل عن ذلك الخطب بأمرٍ ما، يصيح تجاه محمود، ما إن يقترب منه حتى يرمي له رمحًا ويتبع ذلك بعبارات صارمة:

- محمود.. عطِّل تقدم هؤلاء الأوغاد مهما يكلِّف الأمر.. هل تسمع.. دقيقتين.. لا أريد أكثر من دقيقتين.. مهما يكلِّف الأمر.

أمسك محمود الرمح بيديه، تسمَّر لبرهة ثم توجَّه ببصره نحو المقاتلين، خاطب نفسه بقلب متردد: «ماذا!! أنا لم أقطع هذه الصحراء لأواجه الموت، جئتُ لأُنقذ أرض والدي فحسب،.. ولكن الموت هو من قرر مواجهتي، فهل سأكون ذلك الجبان؟! لا لن أكون».

أَحكَمَ محمود قبضته على الرمح وأخرج صرخة مُرْعِدة وأطلق قدميه تجاه الغُزاة، حافظ على ميلان رمحه إلى الأعلى ورفع همته إلى أقصاها.

استطاع الشاب المندفع المتسلح برمح كبير وبعزيمة عالية أن يعطل تقدم أصحاب العمائم الزرقاء لدقيقة كاملة، ما يلبث أن يشعر جسمه الهزيل بتسلل التعب والإجهاد، شراسة المعتدين وانقضاضهم المتعاقب تجعل من مجاراتهم في ذلك أمرًا غير قابل للاستمرار.

كأن المدافع الجديد فقد جزءًا من اندفاعه وعادت مجموعته المدافعة لتتراجع من جديد، عينه تتوجه تلقاء الشيخ أبي بكر بين لحظة وأخرى، الشيخ أبوبكر الذي طلب تأخير المهاجمين لدقيقتين وما زال يختبئ خلف بعيره، هنا تهوِي على محمود ضربة

سيف في منتهى القوة، ضربة تأتي تحت رأس الرمح لتقطع عصى الرمح وتكمل مسارها لتجد ذراع محمود في طريقها، لم يَعُدِ السيف راجعًا حتى بدأت الذراع تنزف بغزارة.

بعد أن ضغط بكف يده السليمة على ذراعه المصابة، ها هو محمود لا يستطيع المحافظة على اتزانه، يشعر بدوار شديد، ألم ضربة السيف لا يشبه أي ألمٍ يعرفه فيما سبق، أحد المهاجمين استشعر حالة الضعف تلك فاقترب تجاه الشاب ليكمل الإجهاز عليه، هنا تنطلق قدمان أكثر قوة وشبابًا من تلك التي فقدت اتزانها، ينطلق أسامة نحو محمود بخطوات واثبة، أسامة الذي قرَّر أن ينفصل عن فريق المتفرِّجين ويهرع لنجدة الشاب المصري قبل أن يُقتل في ذلك الصراع، يصل في الوقت المناسب، بعد أن أشهر سيفه باليمنى، ها هو يسند صاحبه باليسرى ويستمر بذلك مدافعًا عنه حتى ينتزعه من براثن الموت.

رُبَّمَا أفلح أسامة في إنقاذ محمود من ضربة سيفٍ أخرى تجهز عليه، رُبَّمَا أفلح في إسناده حتى لا يقع أرضًا تحت حوافر الدوابِّ، ولكنَّ المؤكد أن القافلة ما زالت ترزح تحت وطأة خطرٍ وَشِيك.

دائرة المهاجمين تضيق أكثر فأكثر، القتال يكاد يلامس الجِمَال ذات البضائع النفيسة، تزداد ضراوة انقضاض أصحاب العمائم مع اقتراب سيطرتهم على القافلة.

فجأة.. انفجار مُرْعِد يدوِّي في المكان، مُرْعِد مُزَمْجِرٌ يكاد يصم الآذان، مُرْعِد ولكنه لم يَأْتِ من السماء، مُرْعِد ولكنه لم يُسقط الأمطار، بل انتزع أحد المهاجمين من بعيره وقذف به صريعًا على رمال الصحراء.

لحظة صمت من الجميع لم يقطعها سوى صوت ارتجاع ذلك الانفجار من التلال المحيطة، تتوجه الأنظار إلى الشيخ أبي بكر الذي يقف بجوار بعيره ممسكًا ببندقيته، محافظًا على توجيهها صوب القوم، يرمي أحد المقاتلين سيفه أرضًا ويصيح برفاقه مشيرًا إلى الشيخ أبي بكر:

- الفرار.. الفرار.. إنه سحرٌ أسود.. ذاك الساحر.. إنه يقاتل بالجن.. الفرار.

ثوانٍ قليلة كان خلالها أصحاب العمائم الزرقاء قد ولَّوا الأدبار مذعورين تاركين صاحبهم السادس في أرض المعركة غارقًا في دمائه.

ثوانٍ قليلة كان خلالها الشيخ أبوبكر قد رمى البندقية أرضًا وشرع يهرول تجاه محمود، تسلَّمه من أسامة واحتضنه بقوة.

- أحسنتَ يا محمود.. أحسنت.. لقد أنقذت القافلة.. شكرًا لك.. شكرًا أيها المصري الشجاع.

يقابل محمود الشيخ بوجهٍ منهكٍ باسم، يحاول تحريك شفتيه لينطق بكلمة، يحاول تحريكهما لكن حواسه تخونه بالكامل،

الألم الشديد والدوار الذي بلغ مداه يعلنان عن فقد محمود الوعي بالكامل، يخرُّ الشابُّ بين يدي صاحب القافلة، هنا يتقدم أسامة مرة أخرى ليساعد الشيخ في حَمْل صاحبه الذي أصبح جثةً هامدة.

يصعب علاجه

أسبوع كامل وأنا محمول على ظهور الجِمَال، أسبوع كامل وأنا محل اهتمام الشيخ أبي بكر، أسبوع كُتِبَت خلاله لي حياةٌ جديدة، نعم لم يكن جرح ذلك السيف هينًا، ولم يكن قتال أولئك الأوغاد بالأمر اليسير، ياه.. أحمد الله أن أزاح ذلك الكابوس عن طريقنا، بندقية الشيخ أبي بكر كان لها وقع السحر فعلًا.

لا أعلم كيف تبدَّلت الأدوار بهذه السرعة.. سبحان الله!! الشيخ أبوبكر أصبح مُمْتَنًّا لي وساهرًا على سلامتي، بعد أن كان صارمًا جافًّا كثير الصياح.

وذلك الشاب (أسامة) أصبحت أدين له بحياتي، فلم أكن لأَسْلَمَ على عمري لولا تدخُّله الشهم في اللحظة المناسبة.

أَمَّا الأمر الأكثر غرابة هو ما فعله الشيخ أبوبكر مع ذلك المهاجم المضرَّج بدمائه، فبدلًا من أن يجهز على ما تبقى من أنفاسه أمر بحمله وتطبيبه والعناية به، على كل حال لا أظنُّه سيبقى طويلًا مع الأحياء، فالبارود المشتعل أحدث من الأذى لجسمه ما يصعب علاجه، فها هو قد أكمل أسبوعًا كاملًا ولم تتحسن حاله ولم يَقْوَ على المسير.

أَمَّا أنا -ولله الحمد- فقد ترجَّلتُ اليوم والألم في ذراعي قد تلاشى وأحسبُني أعود لطبيعتي قريبًا جِدًّا.. ياه.. أرجو أن لا يعود الشيخ أبوبكر لغِلْظَته السابقة.

خيالٌ باهت

نعم، خرجتُ من الشام للمغامرة، لأرى مشاهد لم تبصرها عيناي من قبل، لأُتحف معارفي بأمورٍ جديدة، لكنَّ مواجهة قُطَّاع الطُّرُق واللعب على ضرب السيوف وملامسة أطراف الموت لم يكن في الحسبان مطلقًا.. ياه كم أحمد الله على نجاتنا.. كما أحمده على أن أمي لا تعلم بما جرى لولدها المرتحل.. ها.. ها.. كانت لتأمرني بالرجوع فورًا وتبلل رمال الصحراء باكية حتى أُنفِّذَ أمرها.

رغم كل ما جرى فها نحن نتَّجه غربًا، أسبوعان مرَّا منذ ذلك الحدث المفزع ولم يبقَ بيننا وبين مُرَّاكِش سوى أسبوع واحد فقط، ياه.. أسبوع واحدٌ فقط يفصلني عن مُرَّاكِش ولم أتبيَّن بعد من الشيخ أبي بكر عن غموضها وانقلاب الحكم فيها وخروجها من سيطرة الدولة السعدية، خيرٌ لي أن أعرف ذلك قريبًا.

مساءً وأثناء توقف القافلةِ لمحْتُ الشيخ أبا بكر برفقة بعض مساعديه وقد افترشوا الأرض حول شعلة النار المضطرمة في مركز دائرتهم، محمود الذي تعافى جسمه تمامًا ها هو يلوِّح لي بأن أنضم إلى اجتماعهم.

الشاب الذي أصبح مُمْتَنًّا لي كثيرًا لم تنقطع مجاملاته لي منذ ذلك الوقت، كان من المفترض أن أُحجم عن التطفل على اجتماعهم ذاك ولكن فرصة وجود الشيخ أبي بكر بمزاج معتدل فرصة لن تتكرر كثيرًا.

بعد أن أَخذتُ مكاني بين الجالسين ودارت أطراف ماتعة للحديث ولمستُ اعتدال مزاج الشيخ بل ورأيت ابتسامته للمرة الأولى على ما أذكر، أَدركتُ عندها أن سؤالي قد حان وقته:

- المعذرة يا شيخ أبوبكر.. نسمع كثيرًا عن مدينة مُرَّاكِش وخروجها من يد الدولة السعدية، وعن حاكمها الثائر (ابن أبي محلي) ولا نجد جوابًا شافيًا عن سبب تراجع السعديين فيها، وهل يقودها حاكمها الجديد إلى خير أم إلى غير ذلك؟!

الابتسامة التي لا تستهدي إلى وجه الشيخ أبي بكر إِلَّا نادرًا ها هي تنسحب شيئًا فشيئًا، يطرق قليلًا، يهز رأسه ثم يلتفت تجاهي مجاوبًا:

- لم تَعُدْ تلك المدينة الجميلة تتبع الدولة السعدية.. آه كم أشتاق إلى دولة المنصور الذهبي.. لم يكن ذاك الرجل سلطان الدولة السعدية وحامي ازدهارها فحسب.. لقد كان نموذجًا فريدًا يجمع بين العلم والأدب وإدارة الدولة.. نعم هذه سُنَّة الحياة.

رحل منذ عشر سنوات.. ياه وكأنها بالأمس.. مرَّت سريعًا لكنها والله ثقيلة على النفس، لسبع سنوات بعد وفاته وأهل مُرَّاكِش يخضعون لحكم ابنه (أبي فارس)، ولكن شتَّان بين الثَّرَى والثُّرَيَّا، خيالٌ باهت لحكم والده المنصور.

سبع سنوات جعلت الناس في مُرَّاكِش تتخلى عن حبها وتقديرها للدولة السعدية.. سبع سنوات من التخبُّط والتراجع، سبع سنوات اختتمها أخوه المأمون بتسليم مدينة (العرائش) إلى الإسبان.. أعتقد أن ذلك الخبر كان بمثابة النار في الهشيم أو رُبَّمَا القشَّة التي قَصَمَتْ ظهر البعير، وجد بعدها الشيخ (ابن أبي محلي) الطريق معبدة ليواجه السعديين مستعينًا بغضب الناس وحنقهم، يواجه السعديين ليتقدم عليهم في محطات متعاقبة حتى كان آخرها مُرَّاكِش وسيطر عليها في العام ألف وستمائة وأحد عشر للميلاد.

وها نحن الآن نقف على بعد سنتين وأكثر من تلك الواقعة، وما زال ابن أبي محلي يسيطر على عاصمة الدولة السعدية، ذاك المتفيقه مدَّعي المهدوية، ذاك الجاهل في أبسط شؤون السياسة يُحكم قبضته على مُرَّاكِش إلى الآن يا للعجب!!

قبل أن تنطلق شفتاي بسؤال آخر تقدَّم نحونا رجل من عُمَّال الشيخ أبي بكر وهو يسند الرجل المقاتل الجريح الذي لم تكد قدماه تنثنيان تحته جالسًا إِلَّا بصعوبة بالغة، أخذ الشيخ أبوبكر يرمق ذلك الرجل حتى قَطَّعَ صمتَ المكان ببعضِ الأنين والآهات،

اقترابهُ من شعلة النار كشف عن وجهٍ شابٍ بملامح بدوية وشعر رأس كثيف، توجَّه له الشيخ بسؤال جاف:

- ما اسمك؟ ومن أي قومٍ أنت؟ وما حَمَلَك على قطع الطريق؟

صَمَتَ الشابُّ الجريح لبرهة، طأطأ رأسه وشرع يجاوب بصوتٍ مُتَحَشْرِج:

- اسمي (يلتان).. وأنا من الطوارق يا سيدي، وأمَّا ما حملني على..

- اخرس.. لا تكذب.. الطوارق لا يقطعون الطريق.. أنا أعبر هذه الصحراء منذ زمنٍ طويل وأعرف شهامة الطوارق.. قل الحق.. الكذب لن يفيدك بشيء.

- أنا لا أكذب يا سيدي.. نعم قومي شرفاء.. لكنَّ بعضَهم دفعني لفعل ذلك الشيء المشين، مائتا قطعة ذهبية لأسدد مهر خطيبتي، بَحَثتُ في رمال الصحراء لأوفر جزءًا من ذلك المبلغ، قلَّبت صخور الآكام حتى أغرتني تلك المجموعة المجرمة التي رأيت.

سبحان الله، رغم أنها الْمَرّة الأولى التي أغزو معهم، إِلَّا أنني أنا من سقطتُ أرضًا وشارفتُ على الموت وهم الذين أفلحوا في الفرار..، ما زلتُ لا أفهم كيف أصابتني تلك الصاعقة أنا بالذات؟ كيف كادت تجهز على أنفاسي دون أن يتأذى منها غيري.. لَا بُدَّ أنها مشيئة الله.. الحمد لله على كل حال.

يبدو الإنهاك الشديد على (يلتان)، يعود وجهه للتقعُّر بعد أن أحس بآلامٍ تأتي من جروحه التي لم تلتئم بعد، رغم أنه كان ضمن أولئك الغادرين إِلَّا أن قلبي رقَّ له كثيرًا، وأحسب أن الجالسين في ذلك المكان قد شاطروني ذلك الشعور، أما الشيخ أبوبكر فتوجَّه إليه بعبارات ثابتة:

- اسمع يا هذا.. رُبَّمَا جاءتك تلك الصاعقة لتعيدك إلى جَادَّة الصواب، تستطيع أن تفارق القافلة من الآن.. وتذكَّر صاعقة السماء كُلَّمَا حدَّثتك نفسُك بأمرٍ يغضب خالقك.. أو أن تتابع معنا المسير حتى نصل مُرَّاكِش خلال أيام، ومن هناك تستطيع أن تبدأ بجمع مهر خطيبتك بأمانةٍ وشرف.

خالية الوِفَاض

توقفنا الليلة بمحاذاة مدينة (وجدة)، جنوبًا عنها أنخنا جمالنا المتعبة، وأرحنا أنفسنا التي أعياها السعي المتواصل لمَا يزيد على الشهر، ستة أيام فحسب تفصلنا عن مُرَّاكِش، هكذا أكد لنا الشيخ أبوبكر الذي بدا لي اليوم شديد الارتباك.

عندما انتصف الليل وغطَّ الجميع في نومٍ عميق تقدم صوبي يوقظني بصوت خافت:

- محمود.. استيقظ يا محمود.. أريدك في أمرٍ عاجل..

رددت بصوتٍ لم يَسْلَمْ من وطأة النعاس:

- نعم يا سيدي.. حسنًا.. أنا تحت أمرك.

- سنذهب في رحلة خاطفة إلى (وجدة) برفقة تلك الجِمَال الثمانية، رحلة لن تستغرق أكثر من ساعتين.. ولكن.. انتبه يجب أن يكون ذلك الأمر شديد الكتمان.. هل تسمع؟! يجب أن يكون شديد الكتمان.

- نعم.. أكيد يا سيدي.. لن أذكره أبدًا.

انطلقنا تجاه مدينة وجدة، رغم القتامة الغارقة في السواد، إِلَّا أن الشيخ أبا بكر كان يحث الدوابَّ للإسراع قدر ما تسمح به تلك الليلة، بعد أن جاور مزرعةً في أطراف المدينة ترجَّل من راحلته وتقدم نحوي قائلًا:

- حسنًا يا محمود ابقَ أنت هنا.. سأدخل أنا المزرعة مع الجِمَال.. لن أتأخر كثيرًا.

في الحقيقة.. لقد تأخر الشيخ لمَا يقارب الساعة.. تأخر ولم أكن لأعاتبه في ذلك قطعًا، لكن ما لفت انتباهي حين عاد أن جميع الجِمَال كانت خالية الوِفَاض، تلك المطايا كانت قد دخلت بأقصى حمولتها وأراها الآن ولم يبقَ على ظهورها شيءٌ من ذلك.

فور رجوعنا إلى مكان القافلة شرع الشيخ يربط الجِمَال حيث مكانها السابق في مقدمة القافلة وتوجه إليَّ بنظرة جَادَّة:

- كما اتفقنا يا محمود.. ما حصل الليلة سيبقى سرًّا إلى الأبد.

لم أكن أمانع في كتم ذلك الأمر، ولكن كنت أعي أن موقفي من ذلك الرجل لم يكن يسمح لي بأن أروي ظمأ فضولي، وأسأله عن أسباب الرحلة الخاطفة في منتصف الليل، فأرخيتُ قسماتي وهززت رأسي مُطَمئِنًا الشيخ أبا بكر بأن سرّه قد دُفِنَ في أعماق النسيان.

بدأتُ مباشرةً في تنفيذ طلبه الثاني، أخذت أنقل بعض الأمتعة إلى ظهور الجِمَال الثمانية، لم تكن تلك بالمُهِمَّة الصعبة لكنَّ فِعْلَ ذلك في جوف الليل ودون أن أُحدث صوتًا يوقظ أحدهم لا شك أنه أمرٌ صعب ومربك، أرجو أن تسعفني سُويعات النوم القليلة الباقية في التجهُّز لمسيرنا الشاقِّ غدًا.

من طبقة الأتباع

شتَّان بين امتطائي ظهر ناقتي وتحركي عزيزًا بين كثبان وواحات الطوارق وبين ما أصبحت عليه اليوم جريحًا محمولًا كمتاعٍ مُهْمَل وسط هذه القافلة التي تتجه إلى مُرَّاكِش، القافلة التي أبت أن تجازي غدري بمثله ولؤمي بما يكافئه، تتجه إلى مُرَّاكِش ولا يبدو أن لي خيارًا آخرَ دون ذلك.

ما زال جسدي يبتعد عن دياري والأهم من ذلك ما زال يبتعد عن (ميرا)، ذلك العشق الذي أخذ يكبر وينمو ويتمدد على امتداد الصحراء الكبرى، تتبعثر ذرَّاته في فؤادي كتبعثر تلك الرمال كُلَّمَا جابهت هجير الصيف، نعم ما زلت أبتعد عنك يا ميرا، غير أني أجد قلبي يستقر هناك في (تامنراست)، وحول تلك البيوت الدائرية، التي تكسوها أجود أقمشة الصوف، وتصطفُّ بشموخٍ رافعةً أسقفها المحدبة باستعلاءٍ يناسب أن تكون بيوت (آمغار).

لا فائدة، عُدْتُ لأُذكِّر نفسي بهذه الحماقة.. ومن أنا لأعشق ابنة شيخ القبيلة.. فعلًا إنها حماقة.. ها أنا وقد قادني ذلك الجنون لمَا أنا فيه، أين كرامتي وسط أهلي وعشيرتي وأين ما أصبحت عليه

اليوم؟! إيه.. وكأني ألوم قلبًا يتّعظ!! لا جدوى من عتاب قلبٍ قد ذاب هُيَامًا وطُرِحَ أسير ذلك اللَّحْظ.

فإن كنت أنا ضحيةً وقد رُفع العَتْب عني، وحبيبتي ميرا لم تقترف ذنبًا، فلم يبقَ إِلَّا أبوها المتعجرف.. كيف تجرأ على طلب ذلك المهر المُعجز؟ إنه يطلب مائتي قطعة ذهبية!! والأعجب من ذلك كيف تصوَّرتُ أني قادر على توفير كل ذلك القدر من الذهب مع علمي أني لا أستطيع كوني من طبقة (إيمغاد) !

كيف سيتدبَّر شابٌّ فقير من طبقة الأتباع تأمين تلك الثروة دون أن يُقدِمَ على مصيبةٍ ما؟! وأي مصيبةٍ أكبر من كوني جريحًا ملقًى على أطراف هذه القافلة مبتعدًا عن دياري جاهلًا مصيري، لا يعرف المرتحلون من حولي حقيقةً ثابتةً عنِّي سوى كوني ذلك الغادر الذي قطع طريق قافلتهم وحاول سرقة ما بأيديهم، ولم يكن ليتردد في قتل أحدهم للظفر من الرزق بأقذره.

أرجو أن لا يطول عليَّ المسير وأن لا تسامرني آلام الجروح أكثر من ذلك، فقد أخذ مني جرح الضمير مأخذه، أما فؤادي الذي تركتَه غارقًا في هواه وهائمًا في صبابته، فلا أعلم إن كانت أوهامي الهزيلة ستعود إليه لتُسكِّن ارتعاش عروقه وَتكْذِبَ عليه بخبر دنو بناء ذلك البيت الذي سيجمعه قريبًا بميرا.

ها قد جاء الاسم الذي ينسيني آلامي، ها قد جاء إِكسيرُ جروحي، ها قد جاء ذِكرُ الحبيبة التي من أجلها سأقاتلُ كثبان

الصحراء وأرجع منتصرًا.. أعلمُ أن الأمر مستحيل إلى حد الجنون.. وأعلم أنهُ ممكن إلى الحدِّ نفسه، نعم.. وبالذات عندما يُداعِبُ ذلك النغمُ الرقيقُ مسامعي.. ميرا.

الفصل الرابع
بدايات خريف 1613

لن أصبر مجددًا

هذه الْمَرّة لم يَأْتِ سفيان ليسوق لي خبرًا، أو يعرض عليَّ أمرًا، بل أتى ذلك التافه ليذكرني بالدنانير المائة، يذكرني بوعدي الذي لم أَنْوِ التراجع عنه، غير أنه بدا أكثر إصرارًا وأقل صبرًا.

- كفى أعذارًا يا داغر.. أنا لا أفهم ما تقول.. لقد كان اتفاقنا أن تعطيني المال بعد أن تصنع نافذة المصير بأشهر قليلة، ونحن الآن نكاد نتم السنة الثالثة!! لا.. لن أصبر أكثر من ذلك.

حاولت أن أُخالف طبعي وأحتمل حماقته ولكن:

- ماذا دهاك يا سفيان؟ ماذا دهاك يا أحمق؟ مائة دينار.. وماذا تعني مائة دينار عند من سيمتلك نيران توبقال؟! الأمر يكاد يبلغ منتهاه يا مغفَّل، بعد أيام قليلة سأُنجز الأمر، وعندها لن أتردد في مضاعفة الدنانير المائة.

- لا.. لا يا داغر لن أصبر مجددًا.. لقد انتظرتُ وُعودك بما فيه الكفاية.. وإن كانت الدنانير المائة مبلغًا تافهًا في نظرك فلا أعلم لماذا لا تطلبها من صديقك السلطان ابن

أبي محلي، فهو قد سيطر على مُرَّاكِش وثرواتها ولن يتردد في إعطائك ذلك المبلغ.

هنا نطق الرجل بما يمس كبرياء المشعوذ في نفسي وبما يزعج شموخ ماردي الشجاع:

- يا لك من معتوهٍ أبله.. يا عديم الْفَهْم ألا تعلم أن السلاطين إذا قَبِلْتَ عطيتهم فإنهم ينتقصون من قدرك ولا يعترفون بسطوتك ويسيُّرونك تابعًا.

- كما قلتُ لك أنا لا أفهم كلامك هذا.. ما أفهمه أني أريد قطعي الذهبية الآن.

- لا مال لك عندي قبل أن أُحْكِم قبضتي على نيران وأَرْوَاح توبقال، ولْتَعْلَم أني لا أضمن متى يكون ذلك، فخيرٌ لك أن تصبر إلى ذلك الوقت وعندها ستفوز بدنانيرك، والأهم من ذلك أنك ستفوز برضا أَرْوَاح توبقال.

صَمَتَ سفيان ثم حدَّق في الأرض لبرهة ثم استدار موليًّا دون أن يتلفَّظ بكلمة واحدة، أعرفه جَيِّدًا سيغيب أيامًا كعادته ثم يرجع كأنَّ شيئًا لم يكن، وحتى إن لم يعجبه الأمر فهو يعلم أنه لن يستطيع اللعب مع داغر، نعم ومن يستطيع ذلك؟ هاها.. هاهاها.. هاهاهاها.

نعرف قافلتك

(غدًا وقبل الظهيرة نصل مُرَّاكِش بإذن الله) كلمات الشيخ أبي بكر التي نطق بها البارحة شرَّعت لنفسي أبواب البهجة، ودفعت فؤادي إلى التطلُّع بشوق إلى الساعات القادمة، وحلَّت عقال ركائب الخيال في ثنايا فكري المنطلق نحو مُرَّاكِش.

قبل أن تتربع الشمس في كبد السماء برز لنا من جهة الغرب ذلك المنظر المهيب، إنه السور العظيم الممتد المتدافع بين مكوثٍ وانقضاض، إنه البناء الذي يتدثّر بلون كثبان الصحراء ليحتضن مُرَّاكِش.. كل مُرَّاكِش بمنازلها ومآذنها وشوارعها.. يحتضن البشر والشجر والحجر.

سورٌ لا تكاد ترى نهايته، يجثم على أرضٍ شبه مستوية، تتعاقب حجارته صعودًا نحو السماء إلى أن تبلغ ارتفاع خمس عشرة ذراعًا أو تزيد، رغم المسافة التي ما زالت تفصلنا عن مُرَّاكِش إلَّا أن ذاك السور العظيم أوهمنا بأننا نوشك أن نلج المدينة في أي لحظة.

رغم أنني قادمٌ من الشام، رغم أن عينيَّ قد تشبعتا بجمال القلاع والمساجد والمحاريب، رغم أني ابن ذلك الإرث الحضاري الثري

إِلَّا أن جَمَال وسحر ما اطلعت -بالكاد- على أماراته البعيدة قد أصاب عقلي بالذهول وحواسِّي بالارتباك.

بعكس حواسِّي المرتبكة فإن الشيخ أبا بكر كان يعرف إلى أين يذهب تمامًا، قاد الركب إلى (باب إيلان)، تلك البوابة المتباهية في ارتفاعها التي اتخذت تقويسًا مغاربيًّا فريدًا ليكوِّن سقفها، وأرفقت بجانبيها تقويسين أقل شأنًا ليستوعبا حركة المشاة خلالها.

اقترابنا من باب إيلان أفصح عن مجموعة من الجنود تقف محاذيةً له، أَخَذَ أحدُهم يشير بيده لقافلتنا لتنحرف عن مركز الباب إلى جانبه الأيسر؛ الأمر الذي تجاوب معه الشيخ أبوبكر بكل هدوء.

منظر العسكر ليس جديدًا بالنسبة لي، غير أن هؤلاء كانت وجوههم أكثر اكفهرارًا.. يعتمرون خُوَذَ الحرب الصُّلْبَة ويتدرَّعون بدروع الحديد، ويُبقون أيديهم قريبة من سيوفهم ورماحهم.

بعد أن تَوَقَّفَتْ جِمَالنا تمامًا بادرهم الشيخ أبوبكر متكلمًا على نحو رصين:

- السلام عليكم.. خيرًا يا قوم!! أنا الشيخ أبوبكر، وهذه قافلتي التي يعرفها أهل الشرق والغرب.. ومُرَّاكِش هي محطتي الرئيسة.. فهل لي أن أدخل من فضلكم.

يُبقي كبير العسكر وجهه عابسًا:

- نعلم أنك أبوبكر.. ونعرف قافلتك جَيِّدًا، ولن تدخل مُرَّاكِش قبل أن نفتشها.

هنا توجه صاحب القافلة نحونا بوجه مُحْرَجٍ هادئ، أومأ إلينا بحاجبيه بأن نترجَّل من دوابنا لنفسح لهؤلاء القوم كي يفتشوا ما يعلو ظهور الجِمَال.

لا تدَّعي الجهل

لم أعهد نفسي حليمًا صبورًا لكن الموقف اقتضى ذلك، منظر الجند وهم يبعثرون ثمين الأمتعة بقافلتي كاد يطلق غضبةً طالما قاومتُها، استمر حالهم وحالي كذلك لمَا يقارب النصف ساعة.

أكثر من ستين بعيرًا تم تفتيشهم بالكامل، كنتُ أعلم أن أولئك القوم لن يجدوا مبتغاهم.. رُبَّمَا كان ذلك هو ما ربط على قلبي وساعدني في احتواء دواخلي، تَقدَّم قائدهم نحوي مخاطبًا بنبرة حَادَّة:

- أين ذَهَبتِ البنادق يا أبا بكر؟

- بنادق!! عن ماذا تتكلم؟!

شرَّع هنا الرجل فاه رافعًا صوته أكثر من ذي قبل:

- لا تدَّعي الجهل.. البنادق التي أثقلت بها جمالك من بورصة وقطعتَ بها الطريق عائدًا إلى مُرَّاكِش.

- ها.. الآن فهمت.. تلك البنادق إنما اشتريتها بناءً على طلب والي مصر (محمد باشا)، وقد سلَّمتُها إلى رجاله

هناك في القاهرة، وأتيتُ اليوم إلى مُرَّاكِش بهذه البضاعة التي رأيتَها فحسب.

صَمَتَ كبير الجند قليلًا، أشاح النظر إلى جنوده، ثم توجَّه صوبي بوجه غاضب مُحْرَج:

- حسنًا.. حسنًا.. لا بأس.. تحرك إلى الداخل.. هيا.. تحرك.

بعد أن أَصْبَحَتِ القافلة بكامل جِمَالها داخل مدينة مُرَّاكِش رجع قلبي ينبض كما عهدته، هواء مُرَّاكِش العليل أخذ يتدفَّق إلى صدري ليعيد إلى بالي صفوه السابق.

كم أحمد الله أني احتطت لذلك الأمر، لا أصدق أن ابن أبي محلي ما زال مُصرًا على تجميع السلاح، لا أصدق أنه يحث نفسه على مواصلة معاركه ليصل إلى فاس ويفتحها ويوسِّع دولته.

ألا يرى كيف تردَّت مُرَّاكِش خلال سنتين من حكمه؟! ألا ينقل له أتباعه حال أهل مُرَّاكِش وشكواهم المريرة من سوء الأحوال، وزيادة المكوس، وتسلُّط الدراويش من أتباعه؟! ألم يعلم بعد بانكشاف ظهره وتخلِّي معظم القبائل والعشائر عن نصرته.

كيف يكون المرء وقد ترقَّى في علوم الدين والدنيا، ثم يطمس الله على قلبه إلى هذا الحدِّ؟! لا حول ولا قوة إِلَّا بالله.

على كل حال.. أعلم أن خطواتي في مُرَّاكِش ستكون محسوبة، خيرٌ لي أن ألزم الحذر وأستعد لمَا هو أسوأ.

قرَّت عيناك

آه.. أخيرًا.. أخيرًا ضَمَنتُ العشر قطع الذهبية الأولى، وأحسبني سأجني الأخيرة لاحقًا.. لكني ما زلتُ أجهل كيف لي أن أُحصِّل ما بينهما.. إيه.. كم كانت الرحلة مضنية.. أربعون يومًا لكنها لم تكن تشبه أيامي في حُلْوَان، صحراء مترامية وماء شحيح وهجير لافح، بل جراح كادت تجهز عليَّ، نعم جراح قُطَّاع الطُّرُق.. لا أصدق أننا نُحْضِر أَحَدَهم معنا داخلين إلى مُرَّاكِش.

بدني المتعب في أمسِّ الحاجة للراحة، لم ندخل مُرَّاكِش إِلَّا منذ دقائق معدودة، أنا أعرف ما أريد بالضبط.. فراش مريح ووسادة تأخذني في غفلة طويلة، غير أن صديقي الشامي أسامة لا يبدو أنه يشاركني ذلك الشعور، وكأنه لم يكن معنا في تلك الرحلة الشاقَّة.

تأخذنا طرق مُرَّاكِش من باب إيلان إلى منتصف المدينة، أسامة لا يكاد يترك الخيار لعينه أن ترفَّ، يبالغ في تأمل البشر والمباني والدكاكين والأَزِقَّة بل والدوابّ أيضًا.

- أسامة.. قرَّت عيناك يا صديقي.. نعم إنَّها مُرَّاكِش.

يقرر أن يقاطع المشاهد من أمامه ويلتفت بوجه فرح:

- محمود.. هل ترى يا محمود.. انظر إلى ذلك الدكان المزدحم بالأقمشة، انظر إلى تلك النافذة، انظر إلى تلك الأقواس، والمئذنة.. ما رأيك بهذا الإبداع؟! إنها مربعة ومليئة بالنقوش.

بادلته الابتسامة:

- معك حق يا أسامة.. هذا مبهرٌ جِدًّا.. ولكن ألستَ متعبًا نعسًا.. أشعر بأني سأنام ليومين كاملين، علمتُ أن الشيخ أبا بكر يمتلك نُزُلًا صغيرًا في وسط السوق ونحن الآن في الطريق إليه.

- هذا خبر جَيِّد يا محمود.. مُرَّاكِش لن تنتهي اليوم، رغم فرحتي بجمال المدينة، إِلَّا أن أطراف جسمي ومفاصلي ما زالت تُلِحّ عليَّ في طلب الراحة.

مع وصول القافلة إلى النقطة المنشودة، واستمراري ببذل بقايا جهدي منفذًا أوامر الشيخ أبي بكر، إِلَّا أنني ما زلت أقرأ في قسماته قلقًا عميقًا، خطوته السابقة أنقذتنا اليوم، والجنود لم يجدوا لدينا ما يبحثون عنه، لكنَّ الرجل ما يزال يكتم من الحذر القدر الكبير.

قبل أن نتوجه إلى غرفنا في ذلك النُّزُل اخترت أن أقترب منه مسليًّا.. عَلِّي أسرق منه ابتسامة:

- أولئك الجنود الحمقى.. لا يعلمون أنك يا شيخ قد تجهَّزت للقائهم وخبأت الـ...

قاطعني هنا بصوت خافت حازم وبوجه شديد التقعُّر:

- اصمت.. ولا كلمة.. هل نسيت؟! هذا الأمر يجب أن لا تذكره أبدًا.

لم يتكدَّر خاطري في ذلك اليوم لأني سمعت توبيخًا من الشيخ أبي بكر.. فقد اعتدت على ذلك، ولكنَّ شعوري بعدم التوفيق في ذكر أمر خطير -وكنت قد وعدت بكتمانه- هو ما جرَّ على نفسي الكَدَر.. لا بأس لعلَّ وسادتي في النُّزُل تساعدني على نسيان كل ذلك.

بمعيَّة مرّاكش

رُبَّمَا تكون الشمس قد أشرقت على الشام منذ ساعات، لكنها بالكاد بدأت الآن ترسل بواكير أشعتها الدافئة إلى مُرَّاكِش، تخترق نافذة غرفتي فلا تجد على وسادتي ما توقظه من النوم، لعل حماسي الزائد هو ما جعلني أتنبَّه من سباتي قبل أن تبدأ أولى طيور شمال إفريقيا بمغادرة أعشاشها.

محاولاتي المتكررة لإيقاظ محمود لم تُجْدِ نفعًا، رُبَّمَا لعدم اكتراثه لمَا تخفيه الشوارع والساحات أو رُبَّمَا لمشقة الأربعين يومًا من العمل المتواصل.. اخترتُ في نهاية الأمر أن أشفق عليه وأترك بدنه ليأخذ ما يحتاج إليه.. أَمَّا أنا فسأنطلق الآن.. وحيدًا.. وحيدًا ولكن بمعية مُرَّاكِش الساحرة.

لم تكن خطواتي لتختار اتجاهاتها في هذا اليوم، بل على العكس من ذلك كانت طرقات مُرَّاكِش هي من تملي قراراتها النافذة على قدميَّ المنقادتين طواعية، تسلمني من وسط المدينة شارع لا يشكو من الضيق، تنسجم فيه خطوات المارَّة على اختلاف وجهاتها، رافقني على يساري حائطٌ مصمت من الطوب الطيني،

لم تقاطع تلك اللبنات إِلَّا شبابيك صغيرة مرتفعة، أما من ناحية اليمين فتعاقبت الدكاكين الصغيرة، احتمى معظمها بمظلة خشبية استندت على الجدار وامتدت في الفضاء من أعلى واجهة الدكان بما يزيد على الذراع.

كان من المفترض أن لا تتباطأ خُطَاي الآن فلم أزل في بداية اكتشافي لمُرَّاكِش، غير أن تنوع المعروضات في تلك المتاجر عطَّل تدافع أقدامي وشلَّ إحساسي بالوقت.

الجِرار والأواني الفخارية في المحل الأول لم تكن تنتمي لمَا عرفته سابقًا عن هذا النوع من المصنوعات، فاستدارتها المثالية.. وانسيابيتها المتناهية وَشَتْ بالتزام ذاك الصانع بأعلى درجات الاتقان.. وليته اكتفى بذلك، فلم يتناسب الإبداع في النقوش وتباين الألوان بين خطوطٍ متوازية وأخرى متقاطعة لم يتناسب مع كونها مجرَّد نقوش تزيِّن جرارًا فَخَّارية فحسب.

ياه.. ما خشيته ها هو يتحقق.. التفاصيل الجميلة بدأت تشتت انتباهي عن محيطها الساحر، اضطررت أن أتجاهل المحل المجاور للنحاسيات، وذاك الذي يليه، ومنسوجاته المعلقة في فضاء الدكان، اخترت مُكرهًا أن أؤجل مَشَاهِدَ كثيرةً خوفًا من أن يفوتني ما هو أهم.

لم يكن الاتجاه مُهِمًّا، ولم أكن أُدرك شمالي من جنوبي أساسًا، فقط انقدت لنداء ذلك الطريق الذي أخذ يضيق وتقترب مني أطرافه بحميمية تليق بمُرَّاكِش، أرضية التراب الأحمر المدكوك

احتضنت خطواتي وانتقلت بي حتى أصبح ذلك الطريق زقاقًا، مداخل المنازل على ضفتي الزُّقَاق اتخذت أقواسًا مُرَّاكِشية تحيط بها النقوش واحتضنت بداخلها أبوابًا خشبية، أَتى معظمها بألوان فاقعة تزيَّنت بقطع النُّحَاس التي شكلت خطوطًا أفقية متعاقبة.

يستمر انتقالي ولم يتَّسع الطريق بعد، أَلِجُ على حين غِرَّة إلى ممر مسقوف استقبلني بقوس قليل النقوش، يحافظ على نفس ضيق الزُّقَاق، لكنه لا يسمح بدخول الضوء إِلَّا بقدر ما يتسرب من أطرافه المتباعدة.

يتخلّى السقف عن حجب الشمس من فوق رأسي، وتعود سماء مُرَّاكِش لتظلَّني من جديد، دفعةُ انشراح جديدة تغزو فؤادي بعد رؤية ذلك الزُّقَاق وهو يستحيل إلى شارع فسيح، وكأني ولجت إلى عالمٍ آخر، أو عَبَرَ ذاك الزُّقَاق بي إلى مدينة غير التي أخذني منها.

هنا ارتسمت الرفاهة على كل ما تطاله العين، اتسعت حدود المكان وأخذت نسمات الهواء تداعب صدري لتعتذر عن انحسارها في ذلك الزُّقَاق، هنا لم تكن عيني لتلمح من صفات المشهد شيئًا إِلَّا وهو مكتمل الألوان.

أدهشتني الأرض التي تدثّرت بطبقة من الحجر غير اللامع شديد الاستواء، اتخذ لونًا محايدًا بين الرملي والزهري وأضفى رونقه على تلك الساحة المترفة.

المنازل هنا تداعب ناظريك بإبداع تفاصيلها، الأبواب جاءت لتكون تحفة فنيَّة تبارى فيها الخشب والنُّحَاس من جهة ونقوش الأقواس المحيطة بها والتي بدأت بأشباه دوائر، ثم انتهت إلى أعلى ذلك الباب بزاوية منفرجة من جهة أخرى.

النوافذ التي تحلَّت بألوان صريحة تنوعت بين الأزرق والأحمر والأخضر تراجعت خلف قضبان من دعائم الحديد المزخرف والمتعاقب بخطوط متوازية واقفة، ثُبِّت ذلك الجَمَال وسط حائط شديد التهذيب ناعم الملمس جاء بلون الرمال المموجة كأن دهَّانها قد انتهى من عمله هنا ليلة أمس.

عجيب كيف أن الساحة اختلطت فيها الوجهات والأوجه، لكني إلى الآن لم أُبْصِر إلَّا الجوامد ولم تلتقط أذناي إِلَّا أصوات ألوان وأقواس وعمارة مُرَّاكِش.

سحبت نفسي من وطأة ذلك الإبهار لأوجِّه ما تبقى من إدراكي إلى فضاءات أخرى.

نعم.. أعلم أني غريب عن مُرَّاكِش.. ولكني هنا أحسست بغربةٍ جديدة اجتمعت عليَّ مع سابقتها، فلباس الخلق هنا يصرِّح بانتمائهم الأكيد إلى هذه المدينة، عِمَامَة بيضاء خفيفة تعتلي رؤوس الرجال، وأمَّا القمصان فمن القطن فاتح اللون.

ولم يُجمع هؤلاء السائرون من أمامي على لبس الجلباب المغاربي ذي الخطوط الواقفة وغطاء الرأس المتدلِّي، فقد ارتدى

البعض ذلك الرداء مطرّز الأطراف والمنعقد أسفل الرقبة والمنسدل فيما دون ذلك حتى توقف قبل بلوغه الأرض بشبرٍ تقريبًا، غير أن كل ما أبصرتْه العين قد اتصف بانتمائه إلى مُرَّاكِش وإلى الفخامة على حَدٍّ سَوَاء، رجوت عندها أن لا تجرَّ عليَّ ملابسي المتواضعة نظرات الازدراء...

النساء في ذلك المكان كُنَّ يمثلن هذه المدينة العريقة بحقٍّ، رغم اختلاف التفاصيل عن ما اعتادت عليه نساء دمشق وأريافها، إلَّا أن عنوان الحشمة هو الغالب هنا كما هناك، رداءٌ فاتحٍ اللون فضفاض يغطي تلكم السيدات بوقار، ينسدل إلى الأسفل حتى يكاد يلامس الأرض، خطوط داكنة متباعدة تزين ذلك الرداء.

أما الرأس فقد انثنت عليه قماشة غليظة غطته بالكامل، وأكملت مسيرها لتتجاوز الأكتاف، وتحصّن الوجه خلف قطعة قماش أخرى أقل غلظة، ولم تترك منه إلَّا بقدر ما تحتاجه العينان للإبصار.

لمَّا توقف المشهد أمام أغطية الوجه، تذكَّرت تلك السيدة الحبيبة الغالية.. تذكرت عندها أم أسامة.. رغم اشتياقي لذلك الوجه ولتلك النبرات الحانية فإني أعلم أن عودتي إليها لن تكون قريبةً، وسأكون صادقًا مع نفسي.. لا.. لن أرجع قبل أن أُسكن شغف قلبي بملء عيني من جَمَال وسحر بلاد المغرب.

***

كأن نفسي قد استعادت بعض سيطرتها على حواسِّي بمجرد أن ابتعدتُّ قليلًا عن تلك المباني المترفة، الاتجاه جنوبًا كان هو المستهدف هذه الْمَرّة، كيف لا وقد لاحت لي أسطح مائلة هرمية خضراء اللون شديدة اللمعان تغطي أطراف سطح مبنًى هناك بارتفاع ثلاثة مستويات، كان من الواضح أن ذلك المنظر سيقودني إلى بناءٍ فريد يستحق السعي صوبه.

بالفعل.. وبعد المسير لدقائق معدودة جنوبًا أجد نفسي منضمًا لعددٍ من الخلق بجوار تلك المباني، أفاد أحدهم قائلًا: هذا (ضريح السعديين)، انسَجَمَتْ أقدامي مع أولئك الداخلين، مررنا في أول الأمر بين جدارين متقاربين، المدخل الضيق منعدم النقوش قليل ضوء النهار.

وكأن مُنجز هذا البناء قد أراد لنا قصدًا أن نلج وسط هذه الأجواء، رُبَّمَا كان يرمز ذلك إلى أولى مراحل البرزخ من تجرُّد وضيقٍ وظلمة..

ما إن بلغ ذلك الممر الضيِّق نهايته حتى انفرج الْأُفُق وعاد النهار كي يضيء المكان ليفصح عن حديقة متوسطة الحجم تتوزع في أرجائها بعض الشجيرات، بدأت أقدامنا عندها المسير وسط ممر مُلْتَحِفٍ بالأحجار الملساء المربعة فاتحة اللون، أُحيط بحاجز منخفض من الخشب الداكن المفرَّغ.

أخذتُ أسوق الْخُطَى وسط حالةٍ شرودٍ جراء رسائل التباهي والإبهار القادمة من الأسقف والجدران المحيطة، حتى وجدتُني

واقفًا أمام بوابة شديدة الفخامة، القوس الذي رسم ملامحها لا يشبه تلك الأقواس المنتشرة في مُرَّاكِش.

الزخارف هنا أكثر اتقانًا وأدقُّ تفصيلًا، تَشَارَكَ فيها الحجر مع الخشب المنقوش الداكن، تحصَّن الجميع تحت سقفٍ من القرميد الأخضر المائل، لم أكن لأشك للحظة أن هذا البناء هو أحد قصور السلطان، غير أن أحدهم أهداني حقيقة مُهِمَّة أخرى، وهي أن هذه الأقواس والنقوش البديعة قد تم إنجازها على أصول العمارة الأندلسية.

سرعان ما اكتشفتُ أن البوابة السابقة لم تكن إِلَّا كلمة ترحيب متواضعة في مطلع القصيدة الهندسية العصماء التي تنتظرني في قاعات المراقد المحيطة بي من هنا وهناك.

أرضيات تتلألأ من فرط لمعان الخزف الداكن المتباين الألوان، أعمدة الرخام الرَّصَاصِي الأسطوانية انتصبت بهيبة لتنتهي إلى تيجان نباتية النقوش، ثم لتحمل تاجًا آخرَ مربعًا هذه الْمَرّة، والذي بدوره فرش سطحه الأعلى لتجلس عليه بداية الأقواس الفريدة -الأندلسية على ما يبدو- حيث تزاحم فيها النحت الدقيق المتقن، وأخذت تصعد في فضاء المكان متباهية حتى التقت بنصفها الآخر ليكتمل ذلك المنظر المستدعي للدهشة والإعجاب.

الأسقف الشاهقة ازدحمت بخشب الجوز الداكن المحفور والمُحَلَّى بطلاء الذهب، جدران تلك القاعات لم تكن أقل شأنًا،

فقد ارتدى ثلثها السفلي الفُسَيْفِسَاء الأرجوانية على شكل دوائر متعاقبة، تقاسمت النقوش مع أختها الفُسَيْفِسَاء الصفراء، أَمَّا ثلثا الجدار الأعلى فاتَّخذ خطوطًا متقاطعة أنيقة بالحجارة الملساء شديدة البياض.. لم تكن واحدة بل هي عدة قاعات متوسطة الحجم توزّعت بها الأعمدة الدائرية، قاعات أشبه بالمساجد، غير أن غياب المحاريب وانتشار القبور بشواهدها الرخامية المصقولة التي اتخذت شكلًا طوليًّا متدرجًا ينحسر كُلَّمَا اتجه إلى الأعلى، كل ذلك نفى أن تكون هذه الأماكن قد خُصصت للصلاة.

لكن صدمة بصري وذهني جَرَّاء المستوى الباذخ من النقوش والزخارف والنحت وتزاحم الرخام والخشب والفُسَيْفِسَاء، ألَحَّت عليَّ مستفهمة كيف عسى أن يُسخَّر كل ذلك الترف لأُناس قد انقطعوا عن وجه الأرض إلى باطنها وعن زخرف الدنيا إلى حقيقة الموت؟!

رغم ازدحام المكان بالجَمَال والإبداع الهندسي، ورغم أن الإبهار هنا بدا لي أعلى شأنًا حتى من ذلك الذي اعتادت عليه عيني في دمشق، إِلَّا أن ذكر الموت وانتشار القبور يبقى ذاك الأمر المضيِّق للصدور والمكدِّر للمزاج، لم أشعر بخُطَاي إِلَّا وقد نقلتني خارج ذلك الضريح العظيم.

بحثتُ في مدى نظري فلم أجد ما يهديني إلى جهتي القادمة، تركتُ الْخُطَى الهائمة تحدد مسيرها فإذا بي أنتقل إلى مناظر لم أتصوَّر رؤيتها في هذه المدينة.

مع توغُّلي إلى الغرب من مُرَّاكِش وإلى الجزء الجنوبي الغربي بالتحديد أَخَذَتْ أمارات الرقي والرفاهة تضمحلُّ شيئًا فشيئًا، الحوائط هنا كالحة اللون، الشبابيك تخلّت عن زخارفها، والأبواب الخشبية البالية ثُبِّتَتْ في حوائطها مع غياب أي قوس مُرَّاكِشي يحتضن وحشتها، تتوالى الخطوات في أَزِقَّة متقاطعة وأخرى متوالية، ولا ينوي أحدها أن يستحيل إلى شارع أو طريق فسيح ترتاح فيه النفس، حتى ملابس الناس هنا ورغم انتمائها لبلاد المغرب، إِلَّا أن اهتراءها بدا واضحًا وتعاقب الاستخدام طمس ما كان بها من نقوش وألوان.

لا أعلم حقيقةً إن كان الفقر درجةً من درجات الموت!! لكن نفسي قد ألَمَّ بها أمرٌ مشابه لمَا أحسَّتْ به هناك في ضريح السعديين، سحبتني خطواتي متعجلة إلى خارج تلك الأحياء البائسة، غريب كيف أن فؤادي لم يَسْتَهْوِ المكوث طويلًا هنا أو هناك على حَدٍّ سَوَاء!!

رغم ما أنفق أولئك الراقدون في الضريح من أموال لينمِّقوا حقيقة الموت، فإن الجَمَال لم يُفلح في هزيمة صدق الفناء، ورغم ما يدبُّ في أحياء الفقراء من حياة وتدافع أنفس، إِلَّا أن الفقر أبى أن يعيش هو والجَمَال في مكانٍ واحد.. يحاول الإنسان مغالبة بعض الأمور جاهدًا.. إِلَّا أن سنن الله ما تلبث أن تقول كلمتها الأخيرة.

هيئتي الغريبة عن المكان ها هي تنحاز إلى صَفِّي مجددًا، أرشدني أحدهم بعد أن أحس بشتات أمري، أرشدني إلى مكانٍ

يقع في وسط الجزء الشمالي من مُرَّاكِش معلقًا بوصفه أنه الوجهة الأشهر والأبرز والأكثر ازدحامًا بالدهشة (ساحة جامع لفنا)، هكذا نطقها الرجل.

اكتشفتُ من كلامه أنها بعيدة من هنا، بل إن عليَّ أن أعود أدراجي لأخترق وسط مُرَّاكِش وأتابع السير شمالًا، فلم أجد بُدًا من شحذ الهِمَّة وإعطاء الأوامر لقدمي بالمسير الْجَادِّ، والأوامر قطعًا لبصري بالتوقف عن إرسال النظرات الفاحصة هنا وهناك لأصل إلى ساحة جامع الفنا في الوقت المناسب.

الوجهة تستحق

الإحساس يتسرَّب إلى ذهني من جديد.. النور يملأ الغرفة.. أشعر بذلك حتى قبل أن أفتح عيني.. ياه.. وكأن العافية قد سرت في أعماق بدني، أعلم أن جوارحي قد أخذت حاجتها من النوم، لكن غريب أن أسامة لم يوقظني إلى الآن، أفتح عيني تجاه سريره فإذا به يخلو إِلَّا من وسادةٍ وغطاءٍ مبعثر على طرفه، يا له من لئيم.. لَا بُدَّ أنه استعجل انطلاقه في شوارع مُرَّاكِش فلم يكلف نفسه عناء إيقاظي.

مع خطواتي الأولى خارجًا من النُّزُل اتضح لي أن الوقت قد تأخر فعلًا، وأن الشمس قد تجاوزت منتصف رحلتها منذ قليل، لم أكد أقلب عيني في الشارع من أمام النُّزُل إِلَّا وقد لمحت أسامة يحثُّ الْخُطَى قادمًا من جهة الجنوب:

- أهلًا وسهلًا.. مرحبًا بالصديق الصدوق.. ألم تعدني البارحة أنك ستوقظني صباحًا كي نخرج معًا؟!

- بلى يا محمود.. وعدتك وفعلت.. لكنك لم ترَ هيئتك وأنا أوقظك.. لقد كنتَ جثةً هامدة.. حاولت كثيرًا لكنك حينها كنت أشبه بالأموات.

- هذا لا يهم الآن.. أراك عدت إلى النُّزُل بعد أن ملأت ناظريك وختمت جولتك.

- ختمتُ جولتي!! لا طبعًا.. إنني لم أَبْلُغ منتصفها.. أنا متَّجِهٌ شمالًا إلى (ساحة جامع الفنا)، ولن أذهب وحيدًا هذه الْمَرّة.

***

أخذتُ أسعى وسط مُرَّاكِش تابعًا أسامة، ذاك المندفع من أمامي باتجاه الشمال، تصورت أن مسيره سيكون متمهلًا، وأن خطواته ستجنح إلى التُّؤَدَة، لكن هيهات.. فها أنا لا أكاد أضيِّق المسافة بيننا إِلَّا واتسعت من جديد.

(يا لهذا الإبْرِيق العجيب، ما هذه التحفة الغريبة؟! لم أرَ مثل هذه الطاقية سابقًا، تبدو هذه الحلويات لذيذة فعلًا).. إنها كلمات أكررها على مسامع أسامة بين الحين والآخر أثناء اختراقنا لشوارع مُرَّاكِش، ولكن دون فائدة، لم يُعِرْ ذلك الشاب كلماتي اهتمامًا، أراه اليوم مستعجلًا على غير عادته، رُبَّمَا أعطته رحلته الصباحية من المشاهد ما يشبع فضوله.. أو رُبَّمَا فضوله نفسه هو ما يجعله مندفعًا شمالًا إلى هذا الحدِّ.

فجأة لم تَعُدْ حوائط مُرَّاكِش ترافق مسيرنا، فجأة تتراجع التفاصيل وينكشف الْأُفُق كاملًا، فجأة تتحول أصوات الناس من

مخنوقة مترددة في فضاءٍ محدود إلى هائمةٍ طليقة وسط انكشافها الكامل تحت سماء مُرَّاكِش، التَفَتَ هنا أسامة نحوي بوجهٍ تملؤه الفرحة رافعًا حاجبيه، بادلته بوجهٍ مشابهٍ لذلك الذي بادرني به مع هزَّة بالرأس استحسانًا لمَا قادتنا إليه خطواته المتعجلَّة، عَرَفْتُ عندها أنه لَا بُدَّ من الاستعجال أحيانًا إذا كانت الوجهة تستحق.

لا أعلم كيف عساي أن أصف المشهد من أمامي، ساحة كبيرة ممتدة، لا تكاد العين تدرك أطرافها، أرضها شديدة الاستواء، ينتشر فيها خلقٌ كثير مئات أو رُبَّمَا آلاف، تتصور للوهلة الأولى أنهم يهيمون بغير هدى، ولا يتخذون وجهة محددة.

أثناء التوغُّل خلال ذلك الجمع الغفير اكتشفنا أن لكلٍّ منهم هدفًا يحرك من أجله مفاصله، المسافات المترامية لم تمكِّن بصري المحدود من تمييز ما يجتمع الناس حوله في كل ناحية من تلك الساحة الكبرى، اخترنا طواعية أن نسوق الْخُطَى إلى كل أنواع الدهشة تلك.

في الناحية الجنوبية القريبة اصطفَّت عدة أكشاك صغيرة على خطٍّ مستقيم انتصبت أعمدة خشبية في أطرافها، واتخذت سقفًا واهيًا من القماش الغليظ، يزدحم الناس بين متفرِّج ومعاينٍ ومتسلِّمٍ لبضاعته بعد أن سلَّم للبائع بعض الدراهم.

عين أسامة لم تكن أحسن حالًا من تلك التي في رأسي، أَخَذَتِ البضائع المتنوعة ترمينا بسهام الإبهار والإعجاب في دعوةٍ

صريحة إلى تقليص المسافة، بعد أن فشل في مقاومة ذلك كثيرًا يمد أسامة يده إلى قطعة نحاسية دائرية لم يتجاوز قطرها الشبرين، نُقِشَتْ أطرافُها بنقوش نباتية ومنتصفها بآية قرآنية، التَفَتَ تجاهي بوجه يملؤه الاستحسان محركًا شفتيه، أومأتُ برأسي رغم أن ضوضاء البشر من حولنا كانت تحول دون سماع ما ينطق به، أومأتُ برأسي موافقًا لِمَا يقول، حيث توقَّعت أنه لم يكن ليتلفَّظ إِلَّا بعبارات الإعجاب.

ترجع الأكشاك المتوالية لمشاغلة عيني التي قطعت صلتها بإرادتي وقد سِرْتُ لاستعراض البضائع من أمامها، مقارنات تلقائية يجريها عقلي بمشاهد التَقَطَها فيما سبق هناك في أرض الكنانة، لا أُنكر جمال المنسوجات هنا، وخصوصية أشكالها، إِلَّا أن تلك التي في بلدي لا تقل إتقانًا عنها، النُّحَاسيات هي الأخرى في مصر تتمتع بالإبداع كما هنا، حسنًا.. السلال.. السلال رُبَّمَا تفوَّقت في مُرَّاكِش قليلًا.. رُبَّمَا كان تقدمًا هامشيًّا.. استمرَّت المضاهاة بين هنا وهناك على كل ما يقع عليه بصري.

لا أعلم إن كان أسامة قد دخل في تلك المنافسة فيما يخصُّ مشغولات الشام، غير أني أوشك أن أُطلق حكمًا نهائيًّا بتعادلٍ مستحق بين شرق إفريقيا وشمالها.. حكمًا سرعان ما انهار.. وتعادلًا ما لبث أن رجحت فيه الكِفَّة لأرض مُرَّاكِش.. فبمجرَّد أن وصلت خطواتُنا إلى حيث تُعرض قطع السجاد المغربي

حتى أقررتُ بجمالها الآسر وذوقها الفريد، بل واعترفتُ بالتفوُّق المستحق لهذه التحف المنسوجة وتكبُّد أرضي الحبيبة مصر هزيمة مشرِّفة في هذا الميدان بالذات.. في هذا.. وربما في غيره.. آه.. لا تجرِّي عليَّ هزائم أخرى يا ساحة السحر، يا ساحة جامع الفنا.

محاولاتي المتعاقبة بالإيماء لأسامة برأسي بضرورة التحرك قُدُمًا، وترك هذا المكان من الساحة لإدراك ما تخبئُهُ الأطراف الأخرى، محاولاتي لم تُجْدِ نفعًا للأسف، عندها لم أجد بُدًّا من إطباق يدي على معصم الشابِّ والبدء بسحبه نحو الجهة الشرقية من الساحة، بعد أن قاوم قليلًا ها هو يسابقني مخترقًا جموع الناس ليصل إلى هناك أولًا.

صناديق خشبية مربعة متجاورة بارتفاع يربو على الذراع قد أزيح غطاؤها جانبًا لتتبارى كلٌّ منها بإبراز اللون والرائحة الأكثر تميزًا.

لم يوفِّر العطارون جهدًا في عرض كل ما لديهم من توابل وأعشاب برية وفواكه مجففة، رغم تعدد أهل العطارة في ذلك المكان إلَّا أن كلًّا منهم كان يمتاز على جيرانه بشيء ما، فذاك الأول تفتَّحت بجواره شُعَبُنا الهوائية من فرط نفاذية رائحة الفُلْفُل الأسود، والعبق الصريح للزعتر المجفف، أما الآخر بجواره فقد عرض تنوعًا مدهشًا من الأعشاب غريبة الشكل والاسم، لا أذكر أني رأيت مثيلًا لها في مصر.

غير أن أحد العطارين بدا الأكثر خبرةً ودراية، فقد اصطفَّت من حوله مجموعة من السيدات، فما كانت الواحدة تنتهي من وصف ما يلمُّ بها من وجع أو تلبُّك أو ضيق نَفَس إِلَّا وأخذت يده اليمنى تسابق الزمن لتلتقط عشبة من هنا وأخرى من هناك، ومكوِّنًا عجيبًا من صندوق قريب ليضيف عليه بَهَارًا من هناك، ليُودِع الجميع في كيس ورقي يحمله في يده اليسرى ثم يقفله بثلاث ثنيات متتابعة حتى يُصبح بحجم راحة اليد، ما يلبث أن يقدمه لإحدى النساء قائلًا: (فيه لشفا).

مزاحمًا لأولئك افترش أهل التمور المجففة الأرض بسلالهم الدائرية، مَرَّة أخرى تتعامل عيناي مع مشاهد لم أعهدها في حياتي، التمور بدت أمامي كالجواهر.. لجَمَالها.. أم رُبَّمَا لبداية شعوري بالجوع.. لستُ متأكدًا.. غير أن ذاك التنوع وتلك الأحجام والألوان أصابت عقلي بالدهشة.

فها هي السلة القريبة تصطف فيها تمرات كبيرة يغلب عليها الطول ويميل لونها إلى الاحمرار، وتليها هناك حبات البلح الذهبية شبه المستديرة، ولدى البائع المجاور تبالغ تلك التمرات البنيَّة في لمعانها، و.. هنا ثَأَرَ أسامة لنفسه وأمسك بطرف قميصي يجره إليه متجهًا إلى شمال الساحة.

لم يتحوَّل عَتْبِي عليه ثناءً إِلَّا بعد أن عرفت أن هذه الناحية تزدحم بعربات الطعام، وأننا سنكون الآن على موعد مع مشاهدَ ثرية يُمْكِنُها أن تُسكن فضولنا وجوعنا على حَدٍّ سَوَاء.

العربة الأكبر والأشهى رائحةً بأبخرتها المنتشرة اصطفَّت على رفها العلوي مجموعة من الأواني الفخارية المغطاة، تطفُّلي على من حولي أعلمني أن محتواها هو لحمٌ تامُّ الاستواء قد نضج وسط حمَّام مترف من السمن والتوابل المغربية، غير أن تطفُّلي ذاته نكَّد عليَّ بخبرٍ مفاده أن سعر تلك الوجبة هو ستة دراهم فِضية، خاطبتُ عندها أسامة بوجه منكسر جَادٍّ:

- مهما تكن (طنجية مُرَّاكِش) لذيذة فلن أُبعثر دنانيري لأجلها.

ابتسم هنا صديقي وأرخى رأسه مواسيًا:

- لا تهتم يا محمود.. انظر إلى كل تلك العربات.. إنها مليئة بالطعام اللذيذ.. وسنجد ما يناسب دراهمنا القليلة.

رغم تداخل الأصوات هنا وهناك وتزاحمها مع قرقرة بطون الجائعين، إلَّا أن العربة المجاورة ذات القدور المعدنية الكبيرة قد لفتت أنظارنا بجَلَبَتها العالية، أصوات مزعجة أقرب إلى اختلاط الحجارة، أحدهم يوشك أن يتسلَّم حصَّته بعد أن سلَّم البائع درهمًا.

نتسابق أنا وأسامة لنكتشف ماذا عساه أن يكون ذلك الطعام، لم أصدِّق عيني، هل هذه مُزْحَة؟! إنه حلزون، هذا الرجل بجواري سيأكل الآن وعاءً مليئًا بالحلزون، هل سيفعل هذا فعلًا؟!

ما إن بدأ الرجل بالتقاط الأجسام الرخوة المطبوخة من داخل قوقعتها وإيداعها تباعًا في فمه حتى نظرت إلى وجه أسامة الذي كان

شديد التقعُّر.. كما كان وجهي تمامًا..، قبل أن تعود ملامحنا إلى سابق عهدها تقدم رجل آخر إلى البائع نفسه ممسكًا بدرهمه قائلًا:

- وعاء من (الببوش) لو سمحت.

آه.. لم يِكْتَفِ هؤلاء بأكل الحلزون بل أطلقوا عليه اسم الدلع الغريب ذاك.

انتقلنا بين العربات طلبًا لوجبة غداء بسعر معقول ومذاقٍ اعتادت عليه أمعاؤنا، انتقالنا تنوعت معه الروائح والأشكال والألوان، غير أن الجوع كان هو العنوانَ الرئيسَ، أخيرًا تطابق شيء من أمامي مع ما يعرفه عقلي وبطني، بل وانطبق الاسم تقريبًا مع ذاك الدارج في مصر، عربةٌ تبيع (البيصارة) نعم هي تمامًا كالتي نُعدِّها في حُلْوَان، البقول المسلوقة جَيِّدًا وإضافة الثوم، غير أن الخبر هنا بدا لي أزكى رائحة.. أو رُبَّمَا بطني الذي أخذ منه الجوع مأخذه جعلني أظنَّه كذلك..، لم يكن ذلك الخبر السارُّ الوحيد، بل إن سعر نصف درهم للطبق الواحد جعلنا نُقْدِم أنا وأسامة على إسكات أمعائنا الخاوية بتلك الوجبة الشهية.

سبحان الله كيف تُحسِّنُ بعض اللقيمات مزاج الإنسان؟!

المشهد من أمامي يصبح أكثر صفاءً، أصوات البشر المتداخلة تصبح أكثر نعومة على مسامعي، هِمَّتي التي كان قد أطفأها الجوع ها هي تتوقد من جديد، مساحات جديدة أكتشفها من حولي

لم يكن إدراكي قد أحاط بها فيما سبق، ففي منتصف الساحة هناك ينتظم الخلق في دوائر كبيرة متجاورة، يبدو كأنهم يتحلقون حول شيءٍ ما.

بخطواتٍ مندفعة تقدمتُ وصديقي نحو الدائرة الأكبر، نتقدم ليصبح تزاحم الناس أكثر كثافة، ما زال مركز الدائرة خارج نطاق الإبصار، نغمات حَادَّة متعاقبة كأنها تصدر من مزمار أخذت تنتشر في المحيط، نواصل التوغُّل خلال تلك الكتلة البشرية لنرى ذلك المنظر العجيب.

رجل يجثو على ركبتيه مواجهًا أفعى ناشرة شديدة السواد، جلس نصف جسدها على الأرض وانتصب النصف الآخر متحديًا ذلك الرجل، وكأن الأفعى ستنقضُّ على الرجل في أي لحظة لتودعه سمَّها المميت، لحظات حابسة للأنفاس.. الناس تراقب.. ونحن نراقب معهم على وَجَل.

لكن الغريب أن الوَجَل لم يتسرب إلى ذلك المروِّض للأفاعي المتحدي لها.. يأخذ بتحريك رأسه في دوائر، يحركه أكثر وأكثر.. على نحوٍ يُفقد الأفعى قدرتها على المبادرة، الرجل الواقف بعيدًا والممسك بالمزمار بكلتا يديه يُعلي نبرة عزفه لتأخذ تلك المواجهة طابعًا أكثر عدائية.. يتقدم أحد المساعدين ليُخرج من صندوق خشبي قريب أفعيين إضافيتين.. ليجد مروض الثعابين نفسه فجأة في مواجهة مفتوحة مع ثلاث أفاعٍ ناشرة سوداء، انتفاخ أوداج تلك

الثعابين وَشَتْ بأنها توشك أن تنشر سمومها لتفتك بذلك الرجل.. وكأنه قد جمع هؤلاء البشر ليشهدوا حتفه مسمومًا.

غير أنه سرعان ما أنهى المنازلة لصالحه وتلاعب بتركيز تلك المخلوقات القاتلة وسط تصفيق وتهليل وتشجيع الجموع الغفيرة من المتحلِّقين.

يا لجَمال وروعة العروض في تلك الساحة، هنا شاهدنا عرضًا للعب بالسيوف والدروع، وهناك انتظمت بعض الرقصات الشعبية، وفي الحلقة القريبة الصغيرة أدهشنا مدرب القرود بقفزاتها واستعراضها اللطيف.

بعد أن تراجعت فورة الفضول في عروقنا واختتمت أقدامنا السعي في جنبات تلك الساحة الشاسعة، واستقر في أنفسنا أنه لم يتبقَّ من مشاهد الجَمَال والدهشة ما لم نُكَحِّل بهِ مقلتينا.. عندها كانت الشمس قد مالت عن موقعها السابق في كبد السماء ميلًا ليس باليسير، اقترب أسامة مبادرًا:

- ها يا محمود.. كأن مُرَّاكِش قد أسمعتنا الكثير من عبارات الترحيب لهذا اليوم.. فما رأيك؟! ها.. هل نرجع باتجاه النُّزُل؟

- كما تحب يا صديق.. أنا عن نفسي أشعر أني حصلت على جرعة كبيرة من سحر مُرَّاكِش.. ولا مانع لديَّ من أن أعود أدراجي.

قبل أن يُحرك أسامة شفتيه يأتي صوت أذان من الجهة الغربية، إنه أذان صلاة العصر قادمٌ من مئذنة مربعة شاهقة الارتفاع تأخذ مكانها على بعد مائة ذراع تقريبًا، رغم بُعْد ذلك الصوت وانخفاض نبراته إِلَّا أن الجمع الغفير من الناس في الساحة أخفضوا أصواتهم فورًا وعلى نحوٍ متزامن.. أخفضوا أصواتهم وكأنهم حبسوا أنفاسهم كي لا تنال من جَمَال ذلك الصوت الرخيم القادم من المئذنة الغربية.. بمجرد أن انتهى المؤذن من ندائه الجميل التفت إليَّ أسامة قائلًا:

- بالمناسبة يا محمود.. لم نُصَلِّ الظهر والعصر إلى الآن.. هذه الساحة أنستنا أنفسنا.

- أبدًا يا صديق.. لم نَنْسَ شيئًا.. سنجمع ونقصر على كل حال.

- ما رأيك أن نذهب إلى ذلك البناء الرائع الذي جاء منه النداء.. نصلي فرضنا، ونشاهد ما تخبئه جدرانه من جمال.

-كما يحلو لك يا أسامة.. أما أنا فسأسبقك إلى النُّزُل وأصلي هناك.

رغم ما يجمعني معه من طباع وتقارب في الرأي، إِلَّا أن شغف ذلك الشاب الشامي بالتفاصيل والعمران والمدن يبقى خارج قدرتي على المواكبة، لم يستطع أن يكون قريبًا من ذلك الجامع دون أن يُلقي عليه نظرةً فاحصة.. أما أنا فقد أخذت كفايتي لهذا اليوم، وها أنا تحملني أقدامي المتجهة جنوبًا إلى النُّزُل.

أنتم الباقون

الإنسان المُجْهَدُ في داخلي رُبَّمَا كسب جولةً أو جولتين، لكن ذاك الإنسان المتغَلغِل في أعماقي، ذاك التاجر المثابر صاحب القافلة الأشهر ها هو يستأثر بخواتيم الصراع، سلَّمت له نفسي لأجدني وبعد أيام قليلة من وصولي إلى مُرَّاكِش أفتح حانوتي في طرف النُّزُل لأبدأ استقبال كبار التجار في المدينة استعدادًا لرحلتي القادمة بعد شهر، لتبدأ متوجهةً إلى فاس ثم تتجه شرقًا.. آه.. فاس.. قلبي عندك هناك يا أمي.. أعلم أنك بحاجة لرؤية ابنك.. أو بالأحرى أنا من بحاجة لرؤيتك.. رغم اقترابي من الخمسين إِلَّا أنني ما زلت أشتاق إليها اشتياق الأطفال.

بعد ثلاث ساعات من الاجتماع بتُجَّار مُرَّاكِش ها هو الشيخ صادق كبير تجَّار النُّحَاسيات المذهَّبة يصل إلى حانوتي، قرأت في أمارات وجهه ما نطق به بعد استوائه جالسًا:

- للأسف يا شيخ أبوبكر.. سَنُخَفِّضُ كمية بضاعتنا لهذه السنة إلى النصف.. كما ترى لم تَعُدْ مُرَّاكِش تلك التي تعرفها، وما زلتُ أحتفظ في مخازني بكمية كبيرة من بضاعة السنة الماضية.

- لا عليك يا شيخ صادق.. لست أنت وحدك.. كبار تجار السوق قبلك طلبوا أمرًا مشابهًا.. لا تهتم.. نحن معك في السراء والضراء.. ولكن قل لي ما الذي حدث.. كيف وصلتِ (المدينة الذهبية) إلى هذا الحدِّ؟!

- لقد كان متوقعًا.. صحيح أن ابن أبي محلي ليس ذاك المهووس بالبذخ وتضييع الأموال، لكنَّ تسلُّط الدراويش من أتباعه وتعيينه لعديمي الخبرة والدراية في أمور الدولة قد جرَّ على مُرَّاكِش تراجعًا متعاقبًا في كل شؤونها حتى وصلت إلى ما وصلت إليه.. هل تصدق أن ضرائب السوق قد ارتفعت أربعة أضعاف خلال سنتين.. وأن جملة من الإتاوات قد استُحدِثت من العدم، حتى انحسرت الأموال عن أيدي الناس، وأصبح التجار في انتظار مَدٍّ لن يأتي أبدًا.

صمتُّ قليلًا.. حاولت مواساة الرجل بما يرسخ في أعماقي:

- تفاءل يا شيخ صادق.. فأنتم الباقون.. وهؤلاء السلاطين يأتي بهم الزمن، ثم ما يلبث أن يأتي بغيرهم.. تفاءل وتوكل على تدابير الله وحده.

***

لم أَشَأ أن أُطيل مكوثي في المكتب مع توالي الشكاوى وبث الهموم، فمع خروج الضيف الأخير قُبيل صلاة العصر شرعتُ

بتحريك أحد البابين ليلاقي أخًا له في الضفة المقابلة، بينما كنتُ أشد وثاق القُفْل وإذا برجُلين من حرس القصر وقد بدا أحدهما أعلى رتبة من الآخر، يقفان مقابلين لي بملامح جَادَّة لينطق أحدهما قائلًا:

- الشيخ أبوبكر عبد السلام الفاسي.. يطلبك مولاي السلطان ابن أبي محلي أيَّده الله غدًا صباحًا في قصر البديع لأمر مُهِمٍّ.. فلا تتأخر عن التشرُّف بلقائه.

اختلف لون وجهي ولم أُحسن تزوير قسماتي، شَعَرْتُ بارتباكٍ في بطني وبدا لي أن ريقي يشتكي من جفاف حَادٍّ، بعد صمتٍ قصير جاوبتُ الرجلين بإجلالي للسلطان وتأكيدي لتلبية طلبه.

قبل أن ينصرفا راجعين حَضَرَتِ الأسئلة إلى عقلي المرتبك تِبَاعًا، ماذا يريد السلطان؟! وماذا عساه يعلم؟! وكيف لي أن أتصرف؟! وهل لي من مخرج ما إذا كشف ما أخشاه؟!

أربع عتبات

ها أنا ذا أعود لأكون وحيدًا.. لا بأس.. أخذ محمود كفايته وأشبع فضوله وعاد أدراجه، رغم انحسار الشغف في قلبه عن ذلك المستقر في أعماقي إِلَّا أنني أجد فيه الصديق الذي يرتاح له الفؤاد وتأنس بقربه النفس.

رغم تباعد تلك الأوطان التي نشأنا في كنفها إِلَّا أن نظرتنا للأمور وتقديرنا لمَا ينبغي أن تكون عليه الحياة يكاد يتطابق، لا أنكر أني أرتاح فعلًا بجوار ذلك الشاب.. لكنه لم يعد بجواري الآن.. هكذا هي الحياة.. لا يدوم أحدهم مرافقًا لك أبدًا.. ولا تستقيم لك الأمور وحيدًا.

وحيدًا!! ولكن أي وحدة وأنا أكاد أصل إلى صديقٍ جديد!! صديقٍ لا يشبهني في الحجم ولا في العمر، صديقٍ لن أستطيع منافسته في اختراق الغيوم، ولا في ارتباطه بالتكبير والتهليل، صديقٍ لن يجامل خطواتي يومًا ولن يبرح أرض مُرَّاكِش، إنها مئذنة (جامع الكتبية).

أقف على بُعد ثلاثين ذراعًا تقريبًا، ليبقى بصري قادرًا على التقاط تلك الكتلة مربعة الأضلاع والمتطاولة إلى أقصى سماء

المدينة، سَمَحَتْ لي تلك المسافة بأن أتعرَّف على تفاصيل الجَمَال والبهاء في هذه التحفة المعمارية.

أرمقها من الأعلى إلى الأسفل دون أن يطرِفَ لي جَفْن، يغمرني شعورٌ بالدهشة أعجز معه عن الإحاطة بكل مواطن الجَمَال في تلك المئذنة، أرجع بنظري مرتقيًا إلى الأعلى على نحوٍ متمهِّل، عبثًا.. ما زال عقلي عاجزًا أمام مفاتن ذلك القوام الممشوق.

لا أدري من أين أبدأ.. ما رأته عيناي في سالف أيامي لا يسعفني في أن أقيِّم هذا الشيء.. هنا تذكَّرت أبهى ما رأيته من المآذن يومًا.. إنها مآذن الجامع الأموي.. وعندها ألحَّ عليَّ سؤالٌ جادٌّ:

هل كان قرارًا حكيمًا أن أضاع الأمويون جهودهم في نصب ثلاث مآذن حول جامعهم في دمشق.. ليتهم صبوا جام إبداعهم في مئذنة واحدة.. مئذنة واحدة تنفرد بثرائها وارتفاعها.. مئذنة واحدة توفر عليَّ اليوم حيرتي وانبهاري بعظمة هذه المنتصبة من أمامي، مئذنة واحدة توفر عليَّ اليوم اعترافي المرير بتراجع مآذن الجامع الأموي، بل ومآذن الشام قاطبةً أمام هذا الصرح الشامخ المبهر.

حسنًا.. لم أَصِلْ إلى هنا لأتجاوز التفاصيل.. مهما تُشْكِل على عقلي.. القاعدة المربعة التي انطلقت منها المئذنة نحو الأعلى جاءت بأبعاد كبيرة.. كبيرة جِدًّا لتكون مئذنة.

رُبَّمَا تجاوز طول الضلع خمس عشرة ذراعًا، أما الارتفاع الشاهق الذي تسبب لي بألم في أعلى الرقبة فقد تجاوز على ما يبدو المائة وعشرين ذراعًا.. أو رُبَّمَا أكثر.. الضلع الشرقي الذي كان تلقاء وجهي تمامًا توالت فيه النوافذ على أربعة مستويات متوزعة على طول المئذنة، جاء كلٌّ منها بطرازٍ مميز مختلف عن الآخر، غير أن الجميع ينتمي لهذه الأرض.

فبين نافذةٍ ذات سقفٍ دائري كبير وثانيةٍ ذات دوائر صغيرة متتالية، وأخرى في المستوى الثالث جاءت بسقفٍ بدأ بدائرة ما لبثت أن خُتمت بزاوية حَادَّة، والغريب أن النوافذ الوسطى فقط هي مَن كانت تسمح بمرور الضوء أَمَّا الأخريات فقد كانت مُصْمَتَة.

حزامٌ أرجواني من الخزف اللامع زيَّن ذلك المبنى الشاهق في نهايته على مرحلتين، فالحزام العريض جاء أولًا حيث اعتلى جميع النوافذ، وربما تجاوز عرضه الثلاث أذرع، أما الحزام الثاني فلم يتجاوز عرضه الذراع، وأحاط بقمة المئذنة والتي تشكلت على هيئة جسمٍ رشيق بارتفاع عشر أذرع اعتلى سقف الكتلة الكبيرة لتلك المئذنة.

كل ذلك المنظر صيغ في مجمله من أحجار مستطيلة متوسطة الحجم شديدة التهذيب.. رغم أنها جاءت بلون الرمال كما هي أسوار مُرَّاكِش إِلَّا أن استواءها كان يشي باهتمامٍ بالغ بذله بنَّاؤو هذه التحفة.

ليس بعيدًا من المئذنة وعن جنوبها مباشرة يقع الباب الأقرب، تتقدم كتلة البناء الحاضنة له بمقدار ذراعين، وتحتمي بسقفٍ مائل من القرميد الأخضر اللامع، يستقر الباب الخشبي الداكن خلف قوسين متواليين، أُحيط ذاك الأصغر منهما بحوافَّ بيضاء.

على عكس عهدي بدخول المساجد لم تكن ثمَّة عتبات ترتقيها قدماي لألج الباب، بل على العكس أخذتني عتباتٌ أربع نزولًا أثناء دخولي إلى جامع الكتبية خلال ذلك الباب.

أربع!! لست متأكدًا.. فما إن بدأتُ بالعد حتى أخذتِ الأعمدة البيضاء الداخلية تشاغل ذهني باصطفافها الصارم وأقواسها المتعاقبة في عمق ذلك المسجد الفسيح، رغم أن قدميَّ كانتا تهبطان خلال تلك العتبات إِلَّا أن روحي أخذت ترتقي من فرط الرُّوحَانِيَّة الغامرة الممزوجة بجمال العمارة.

صفوف متوازية لأعمدة متعاقبة لم يتجاوز الفراغ بين أحدها والآخر مسافة الست أذرع، أعمدة مستطيلة كبيرة التحق بجانبها أنصاف أعمدة دائرية، حيث تعاهد الجميع حمل أقواس تبدأ بطرف دائرة كبيرة ثم ما تلبث أن تلتقي في الأعلى بزاوية منفرجة لتعلن عن أصولها المغاربية بامتياز، أعمدة تَستعصي على التعداد وأقواس تنتشر على مد البصر.

سرعان ما خطفت الثُّريَّات النُّحَاسيَّة المتدلية الأنظار نحوها، تتدلَّى بجلال عبر سلاسلها المعدنية المتينة، جَمَعَتْ في أعلاها

الشُّعَل وتزينت في أسفلها بثماني أرجل تبارت فيما بينها في الإمساك بصفائح النُّحَاس المفرغ والمنقوش بخطوط مستقيمة متقاطعة وأخرى متوازية لتحظى باهتمام العيون الرانية إليها رَدْحًا من الزمن قبل أن تفلتها من جديد.

السقف الخشبي الداكن ذو العوارض المتوازية لم يكن ليرحم بصري المرهق، منظومة رشيقة من الأخشاب المصطفَّة بانضباط شديد توافقت على إسناد ذلك السقف على نحو يضمن سلامته وشموخه في آنٍ.

بعد عتاب غير ودود من رقبتي التي أرهقها التحديق إلى الأعلى؛ قررتُ أن أترفَّق بها لبعض الوقت، السجاد!! السجاد هنا شديد الشبه بذلك الذي رأيته في السوق قبل ساعتين، غير أنه بدا أكثر إتقانًا.

والقطع المتزاحمة هنا أكبر حجمًا من تلك، اللون الأحمر يتسيَّد الموقف، تتداخَل الألوان الصريحة الأخرى من هنا وهناك بخطوط مستقيمة ومائلة لتوصل إلى عينيك من معاني الإبهار والجَمَال ما لم يَصِل إليهما بعدُ.

بدأت أعداد البشر تتزايد، بعض المصلين شرع يصلِّي النافلة، يبدو أن إقامة الصلاة ستحين بعد دقائق.. دقائق لن أضيعها دون أن أكتشف المزيد، أبواب في طرف قاعة الصلاة يدخل منها البعض ويخرج بعضٌ آخر، أبواب تحركتُ صوبها.. عَلِّي أعرف ما يختبئ خلفها.

يا لجَمَال ما كان ينتظرني.. فناء داخلي اختبأ بين عمران الجامع، فناء مستطيل احتضنته ثلاثة أروقة، فاز الرخام الأخضر بافتراش معظم أرضيته، وتزاحم معه ذاك الأبيض في تشابك دقيق متكرر عبر تداخلٍ هندسي مفعم بالذوق الرفيع، لم يقاطع ذلك المنظر إلّا عدة أحواضٍ مربعة لشجيراتٍ موزعة على نحوٍ متناسق.. فاتني أن أُحصي عددها.. لن يكون توقع ذلك معضلًا.. فالفناء الذي لم يتجاوز فيما يبدو الستين ذراعًا طولًا والأربعين عرضًا لن يحوي أكثر من عشرين أو رُبَّمَا ثلاثين من تلك الشجيرات.

شرود خطواتي بين التفاصيل لم يُمَكِّن لقدميَّ أن تكون في الصف الأولِ لصلاة العصر.. التي نويتها ظهرًا في الحقيقة.. من موقعي المتأخر بين المصلين وقد شاغب خشوعي ذلك المنبر الخشبي في صدر المسجد.

ما إن انتهيت من صلاتي وأَخَذَتْ أعداد الناس تتراجع في المكان حتى قلَّصت المسافة لأرسل إليه نظراتي الفاحصة، فرحة عميقة طالت قسمات وجهي بمجرد أن أصبحت في حضرته.. رُبَّمَا لإتقان النقوش الهندسية على جانبيه، أو رُبَّمَا لتطعيمات الذهب المنتشرة على بدنه، ولعلي أُعجبت بالحفر البارع لخشب الجوز الذي طال عتباته التسع.. نعم.. التسع.. الآن فقط عرفت سرَّ هذه الفرحة.

أخيرًا تنتصر الشام.. أخيرًا يواسيني بعضٌ من الجامع الأموي، رغم جَمَال هذا المنبر من أمامي إِلَّا أن ذلك المنتصب هناك في

دمشق يفوقه بكل تأكيد، يفوقه في الحجم وببابه المُحَلَّى بالصدف والفضة بل ويفوقه بمظلة الخطيب الخشبية في محطته الأخيرة.

في هذه اللحظة بالذات قررتُ أن أستعجل بالانسحاب خارجًا؛ لِئلا يطالني من جَمَال المكان ما يطفئ زهو انتصاري المحدود ذاك.

لا تَمَلِّي

إذن فهذه مُرَّاكِش.. يا لجَمَال بيوتها ويا لاستواء طرقها.. ويا لهذه الرفاهة المتناثرة في جنباتها.. لا عجب أن تسعى لها الأقدام وتسير لها الركبان.. إيهِ يا مُرَّاكِش .. هل تُراك تتباهين متغطرسة أمامي أنا ابن الصحراء؟!

إذا كان ذاك فلم يكن عليك إِلَّا إبراز معشار ذلك السحر، أو رُبَّمَا أقل لتلفتي انتباهي وتذكِّريني ببؤس المكان الذي أتيت منه، كان يكفيكِ أن تُسمعيني ترقرق المياه في نوافيرك المترامية ليستحضر عقلي منظر قِرَاب الماء الآسن وقد قطعت الساعات على ظهور الدواب، ورائحة الجلود العتيقة وقد اختلطت بطعم الأتربة فلم يُسكن ظمأ ذلك الشارب ولم يهنئ بارتشافهِ الماء إِلَّا بقدر ما يُبقي كبده رطبة علَّه ينغَّص عليها بارتشافةٍ أخرى.

هنا الحوائط تحمي من تكدُّر مزاج الرياح، والنوافذ تحبس ذرات التراب دون التطفل على الهانئين في منازلهم، أما الأبواب فتُبقي التسامر خلفها حكرًا على أولئك المتحابِّين، هل قلت (المتحابِّين)؟!

لا يزال قلبي يقوده حديثٌ نفسيٌّ حتى يعيدني في كل مَرَّة إلى ذات المكان.. (ميرا) هو قلبي يَثني أعناق هواجسي ليُعيدني عندك.. يردُّني إلى المكان الذي يهواه.. أرجوكِ لا تَمَلِّي انتظاري.. أرجوكِ لا تستعيري بعضًا من قسوة والدك.. أرجوكِ ابقي كما أعرفك.. ذلك البلسم الشافي.. ذلك القلب الرقيق.. اصبري على يلتان.

اصبري على من اجتمعت عليه جراح الضمير وجراح صاعقة السماء، ولم يسلم قلبه من جراح ابتعاده عن وجهك المحبوب.. اصبري على من خان ضميره، وتفانى في ترويع الآمنين، وجارى خطوات الأشقياء.. خان ضميره ليفي بوعدهِ الذي قطعه.. وعده الذي لن يتراجع عنه.. سيعود بتلك الدنانير.. سيعود ليرميها بين يدي والدكِ.. ويرمي بنفسه بين قدميكِ.. سيعود حتى وإن ورد أسباب المهالك.. وأيُّ مهالك لا تستحق الورود إذا لاح من خلف أفقها ثغرك الباسم.. ميرا.. سأعود.

إلى قصر البديع

لا أذكر أني حَرَصْتُ على هندامي مثل ما فعلت هذا الصباح، خطواتي من النُّزُل تَوَجّهتْ جنوبًا إلى قصر البديع، شوارع وأَزِقَّة مُرَّاكِش يسلمني كلٌّ منها إلى الآخر، بَدَأْتُ مسيري بقلقٍ يبعثر ثبات نفسي، وألمٍ في أحشائي يقتطع جزءًا منها كُلَّمَا تخيَّلت أسوأ احتمالٍ يمكن أن يكاشفني به ابن أبي محلي.

لا أعلم كيف تبخَّر كل ذلك أثناء رحلتي القصيرة إلى قصر البديع، عجبًا كيف سكن الوجع في أمعائي واستقرت ضربات قلبي وعَرَفَتِ السكينة طريقها إلى نفسي، رُبَّمَا كان لنسمات الخريف المنعشة في مُرَّاكِش فعل السحر على كل ما تطاله، رُبَّمَا كان الفضل لاستعدادي المسبق لكل احتمال عساه يجابهني؟!

لا أعلم.. بل أعلم.. انتقل خوفي الحبيس إلى اطمئنانٍ طليق في طبقات السماء بمجرد أن دعوت ربي بذاك الدعاء الذي كانت تردده والدتي.. تردده حتى أَصْبَحْتُ أكرره كُلَّمَا أحسستُ بقرب انفلات أمري من بين يدي.. (اللهم إني أبرأُ من حولي وقوتي إلى حولك وقوتك).

***

إنه السور الشمالي المصمت المتباهي في ارتفاعه، لعل قلبي عاوده بعض الاضطراب، حاذيته إلى أن اهتديت إلى بابه غير الفسيح، الحارس الواقف هناك لم يسألني ولم يقاطع دخولي.

بمجرد ولوجي اصطدمت بنسخة أخرى من الحائط العظيم توازيه وترجع عنه جنوبًا بثماني أذرع تقريبًا، وجدتني أمشي مترددًا بين حائطين يكادان يمنعاني النظر إلى السماء، هنا وَصَلتْني رسالةٌ واضحة فجَّة من قصر البديع، مفرداتٌ صامتة صاغتها حجارته المحيطة والتقطها فؤادي الحذر (جدراني تحيطُ بك وحجارتي تُحصي خطواتك فاستسلم لهيبتي وامضِ حيث أُريد).

قبل أن أشحذ همة نفسي لتقاوم تلك الرسالة المتعالية اصطدم نظري بمشهد مجموعة من الجنود المسلحين يحيطون ببابٍ وسط الجدار الثاني، بمجرد اقترابي تقدم نحوي أحدهم قائلًا:

- مَن تكون يا سيد؟ وماذا تريد؟

- أنا أبوبكر الفاسي، وجئتُ تلبيةً لأمر مولاي السلطان ابن أبي محلي.

- حسنًا.. انتظر لحظة.

دخل الرجل إلى القصر بخطوات متلاحقة.. بعد برهة عاد بنفس تلك الخطوات.

- تفضل.. تفضل يا سيد أبوبكر.. اتبعني لو سمحت.

ما إن تجاوزتُ ذلك الباب متوسط الحجم، مقوس السقف، حتى أَدركتُ أني ولجت توًّا إلى عالم آخر، أَصْبَحَتْ عيناي فجأة تبصران الألوان أكثر نقاءً، اقْتَحَمَتِ البهجةُ فؤادي دونما استئذان، السماء هنا أكثر صفاءً، بِرْكَة المياه العظيمة تنشر السكينة وتربك نوافيرُها استقرار سطحها المترقرق، أربعة مستطيلات كبيرة توزعت على معظم الساحة الكبرى للقصر، حوت تلك المستطيلات استعراضًا مبهرًا للون الأخضر، أشجارٌ عظيمة غاية في التهذيب وأخرى أصغر منها ونباتات لم تعهدها عيناي رغم سفري الدائم.

عصافير مُرَّاكِش التي شكَّل لها ذلك المشهد جَنَّة حقيقية لم تُفلح بالاستحواذ على اهتمامي طويلًا، خزف الممرات الذي أحاط بالمياه والخضرة على حَدٍّ سَوَاء كان أكثر إبداعًا من أن يفترش الأرض، اشتباكٌ هندسي متقن لتداخل الألوان المتباينة بخطوط مستقيمة متقاطعة، سطحٌ شديد الاستواء واللمعان، تنبَّهتُ إلى أن انشغالي في التحديق باعد المسافة بيني وبين الحارس من أمامي، أَمرتُ قدميَّ بالتعجُّل وبصري باختصار النظر إلى ذلك الإبداع الذاهب بالألباب.

الخطوات في هذه الساحة المترامية لن تكون معدودة، زمن الانتقال هنا ليس بالقليل أبدًا، رَجَعَتْ عيناي لتكون فريسة الإبهار من جديد، القرميد الأخضر المائل شديد اللمعان يتربَّع بشموخ فوق رقبة مربعة من الحوائط الشاهقة شديدة الإتقان، والتي تقف

بدورها على أسقف أُخرى من القرميد المائل، أعمدة مزدوجة دائرية من الرخام المصقول تجتمع في صف واحد لتحمل ذلك التحدي الهندسي برشاقة، راسمةً فوقها عددًا من الأقواس المُرَّاكِشية الطراز.

خطواتي أخذت تتباطأ مجددًا، هذه الْمَرّة يوجِّه الحارس نحوي إشارة جَادَّة بضرورة اللحاق به، آه.. أرهقتْ بصري تلك الجدران التي تقاسمتها الفُسَيْفِسَاء المتباينة مع الحجر المستطيل شديد الاستواء المتزين بالعروق الزهرية، لم تُمْهِلْني خطوات ذلك الجندي لأقف عند سحرها مزيدًا من الوقت.

أَرْوَاحًا قلائل

كم أتمنى أن تحمل لي خُطَاي المتعبة خبرًا يُكمل سيطرتي على الشرور الكبرى، لا أعلم إن كان أملي في مكانه، فلقاءاتي الأخيرة بابن أبي محلي لا تشبه تلك التي بدأتُها معه.. بل بَدَأتْها نافذة المصير.

لا أعلم لماذا لم تعد نافذتي السحرية تُري ذلك المتردد مزيدًا من المعارك والدماء، منذ أن فتح مُرَّاكِش وهو لا يرى في النافذة سوى عمارة مُرَّاكِش وإدارة مراقدها.

والآن ها أنا أعود تجاهه، لم تكن تجربتي مع شيوخ العشائر تشبه أيامي الغابرة معه، فأولئك لا تخلِّف معاركهم إِلَّا أعدادًا قليلة من الأَرْوَاح الزاهقة.

قبل سنتين وبعد فتح مُرَّاكِش مباشرة بشَّرتني نافذة المصير أن مجموع الحصاد بلغ تسعة آلاف نفس.. تصورتُ حينها أن النهاية قريبة جِدًّا، وأنني أمام مُهِمَّة سهلة، ولكن إلى اليوم لم أُضِفْ إلى ذلك العدد إِلَّا أَرْوَاحًا قلائل.

ها هي مُرَّاكِش تلوح لي.. ما زال قلبي يزداد عَتَمَةً كُلَّمَا رأيت أسوارها.. ما زلت أعتقد أن خلاصي هناك.. نعم هكذا بشرتني

نافذتي العليمة.. هذه الْمَرّة لن تُخَيِّب ظنّي، وابن أبي محلي لن يكون ذلك المتردد.. لقد استقر في سلطانه بما فيه الكفاية ولن يقاوم بشارة نافذة المصير القادمة.

***

هذا ما أكرهه في دخول المدن، ما يزال الناس يطيلون التحديق، ما تزال نظرات الاستهجان تتوجه نحوي، عجيب أمر هؤلاء الخلق، رغم انفصال دواخلهم المريضة عن خوارجهم التي تبدو على أحسن حال فهم لا يتقبّلون انسجام مظهري مع ما أحمل من ظلمة وصدق فهم لأحوال الدنيا، كعادتي لم أَكْتَرِث لهذا بل تابعت خُطَاي إلى قصر البديع حيث يتربع سلطان مُرَّاكِش على عرشه.

قصر البديع.. ذلك المبنى الشاسع الباذخ المترامي بين نوافير المياه، المبالغ في رفاهيته، رغم أنها ليست الْمَرّة الأولى التي أَلِجُ فيها إلى هذا القصر.. أجدني أتردد في وضع حذائي على ذلك الخزف شديد اللمعان متقن النقوش.

أجد عقلي يستحضر حياة قدواتي من المشعوذين وكيف ابتعدوا عن حياة الترف والنعيم كي يَلجِوا إلى عالم الشرور ويَصِلوا إلى غاياتهم العظيمة، وكيف بالعوام من دعاة الحكمة وهم يقدِّمون السارقين على أنهم ملوك والقتلة على أنهم فاتحون والدراويش على أنهم أرباب علم.. كما وجدتُ عقلي يدفعني إلى أن أتذكَّر

دخولي الأول على ابن أبي محلي في زاويته الرثَّة في بني عباس وكيف انتقل به الحال أيَّما انتقال.

فهل نال هو ما يريد وتركني دون ما أُريد؟! لا.. لن يكون ذلك أبدًا.

لعلّنا استعجلنا

أومأتُ للخادم بأن يستعجل في عقد حزام الحرير حول قميصي، أَجْلَس الآخر الرداء المذهب على كتفي، تسلَّمتُ عِمَامَتِي ذات جوهرة الياقوت وبدأتُ بإحكام عقدها على رأسي، ما لبث الخادم الأول أن أتمَّ ما بدأتُ به.

أعطيت لقدميَّ كامل الجهد لأباشر مشيًا سريعًا خلال القصر، رافقني فيه الحاجب إلى أن انتهينا إلى قاعة الحُكم حيث ينتظرني وزير الديوان، ما إن وصلتُ حتى انتفضَ مرتبكًا:

- السلام على سيدي السلطان.. أنا في خدمتك يا سيدي.. خيرًا إن شاء الله.. ليس من عادة سيدي السلطان أن يطلبني في مثل هذا الوقت.

- ماذا هناك يا وزير.. تتكلم وكأنك لا تعلم ماذا يحدث في مُرَّاكِش.

يزيد ارتباك الوزير ويبلع ريقه:

- هل يقصد مولاي السلطان بعض غوغاء السوق الذين أثاروا الشغْب بالأمس.. إنه أمرٌ بسيط وتم احتواؤه، هؤلاء

ما هم إِلَّا بعضُ التجار من أتباع أبناء المنصور، التجار الذين اعتادوا على فساد الدولة السعدية يا مولاي.

سكن هنا بعض قلقي واحتفظت بالبعض الآخر حتى استويتُ جالسًا وأشرت للوزير بأن يجلس.

- هل أنت واثقٌ مما تقول؟! ما زلت أخشى من أنَّ ضرائب السوق الأخيرة قد غيرت مزاج الناس وبعثت كراهيتنا في نفوسهم.

قابَلَني هنا الوزير بوجه باشٍ مرتاح:

- لا.. لا لا يا مولاي.. اهنأ بالًا.. الناس في مُرَّاكِش يحبونك بملء أفئدتهم ولا ينسون فضلك في نشر العدل وتخليصهم من أبناء المنصور.. فاطمئن يا مولاي.

حاولتُ أن لا أصدق مجمل ما نطق به وزير الديوان فتوجهت إليه بما يبعث القلق في نفسي:

- لعلنَّا استعجلنا بتعيين آمر السوق، وكبير العسس، وقائد الشرطة، ممن لا سابقة دراية لهم بتلك الأمور، لكنك تعلم يا وزير أنهم من أكثر أتباعنا إخلاصًا واتباعًا لأحوالنا الرَّبَّانِيَّة.

- صدقتَ يا سيدي السلطان، هم كما قلت.. ولن يكون اختياركم لهم إِلَّا في محله من الصواب، فهم أهلٌ لتلك

المناصب، وهل يكون لأحدٍ أن يدّعي خطأ أمرٍ صدر من مقامكم وعلمكم وبشارة المهدي التي طالما انتظر أهل مُرَّاكِش قدومها بشوق.

هَدَأَتْ عندها مخاوفي تمامًا، وأَحسبُني رجعتُ إلى سابق عهدي، أَذِنْتُ للوزير بالانصراف، وأشرت للحاجب مستفهمًا إذا كان أحدهم يستأذن بالدخول، حيث تقدم نحوي بلباقة، ثم انحنى حتى إذا دنا نطق بصوت معتدل:

- إنه الشيخ أبوبكر يا مولاي، صاحب القافلة الشهيرة.. جاء منذ ساعة.. وهو ينتظر مقابلتكم كما أمر مولاي السلطان.

فماذا بقي لي؟

كأن عينيَّ بدأت تألف مُرَّاكِش، كأنَّ قدميَّ أصبحتا أكثر انطلاقًا وسط طرقاتها، بل إن صدري بات أكثر ترحيبًا بهوائها العليل، هل تراجعت مكانة (تامنراست) في فؤادي؟! أم هل تُرى قلبي قد زهد في حياة الطوارق المضنية البائسة؟ أم لعلها أنفاسي التي تعبت من استنشاق ذرَّات التراب وسط تلك الصَّحَارَى؟!

لا أعلم.. ولِمَ أنا في كل تلك الحيرة؟ بل لِمَ أُرْبِك عقلي بكل ذلك الاستفهام؟ لماذا أبحث عن المشقة والعَنَت إذا تيسَّرت دروب الرفاهة إلى خُطَاي؟! لماذا أتمسّك بارتقاء الصعاب إذا فُرِشَتْ لي الأيام صعيدًا سهلًا؟!

أنا هنا في مُرَّاكِش ولن تهديني مدينةٌ أخرى هذا القدر من صفاء العيش، ولن أرتشف ماءً زلالًا يضاهي ذلك الذي يجري في جداولها، حتى جِلْبَاب الكتان ناعم الملمس أحسبه قد حوى جسدي المتعب بأفضل مما اعتاد من تلك الخِرَق الزرقاء الغليظة.. فماذا بقي لي إذن؟!

حتى بعض تلك العيون المُرَّاكِشية الساحرة الخاطفة للألباب التي طالما اعترضت طريقي بين الفينة والأخرى لن أفشل في

الظفر بإحداها ليظلَّنا سقفٌ واحد.. نعم يظلُّنا سقفٌ وأستقر في هذه المدينة إلى الأبد، ويسكن لهفي المحموم القاطع للأنفاس لجمع تلك الدنانير المائتين.

فجأة.. جمدت الصور من حولي، رغم توسطي لتقاطع البشر في مُرَّاكِش.. توقف ذاك عن الحركة، صمتت تلك عن الكلام، انتهى جدال البائع هناك، لم يُكْمِل الماء انسكابه من الإبْرِيق في يد ذلك الشيخ.. انسحبت الألوان من كامل المشهد وتسمّر كل شيءٍ في مكانه.

وقلبي أحسبه حاول أن يلتزم السكون ليهديني موتًا مفاجئًا مستحقًّا.. نعم مستحقًّا ولا ريب، جزاءً لمَا اقترفته من حديث النفس المبالغ في الجفاء والقسوة.. كيف؟! كيف سولت لي نفسي أن يجول فيها مثل هذا الجحود.. وحتى لوكان حديثًا عابرًا لنفسٍ قد أتعبها المسير.

رُبَّمَا مَلِلْتُ من عِمَامَتِي الزرقاء، رُبَّمَا سَئِمَتْ أنسامِي هواء الصحراء، رُبَّمَا اختارت أقدامي أن تهجر تلك الكثبان.. رُبَّمَا أَنِفَ حلقي من تجرُع المياه الآسنة.. ولكن كيف تشبَّعت نفسي غلظةً كافية لتجرؤ على التفكير بالتخلي عن ذلك القمر الوضيء؟! عن ذلك القلب المحب؟!

ماذا دهاني؟! هل داهمت القسوة قلبي فعلًا؟! أم هي نفسي التي أخذت تلبي نداء اليأس؟! لا.. لا.. اصبري يا نفسي، اصبري..

واصبري يا ميرا.. يلتان لم ييأس، سأظل أذكر اسمك دائمًا وأملأ به فضاءات مُرَّاكِش.. سأظل أذكره حتى ينتزع اليأس من نفسي ويقودني إليك وقد أحضرت تلك الدنانير.

لن تشغلني مياه مُرَّاكِش ولا هواؤها ولن تشغلني عيون الحسان فيها.. لن تشغلني سوى خطواتي التي ستقودني لأجمع مهرك مَهْمَا يكلفني الأمر وأعود صوبكِ بقلب مشتاقٍ متلهِّف.. ميرا.. سأعود.

تتلاعب فيها الخيالات

ساعة كاملة وأنا أنتظر دخولي على ابن أبي محلي، الوقت في غرفة الانتظار يمر متثاقلًا، رغم زخارف السقف المذهبة، ورغم إضاءات النُّحَاس المتدليَّة بهيبة، ورغم قطع الأثاث المترفة إِلَّا أن الانتظار يبقى ثقيلًا على النفس.

أخيرًا يقف أحد حرس القصر عند الباب مؤذنًا بأن لحظة اللقاء بالسلطان قد حانت، قاعة العرش المربعة التي تتوسط الضلع الغربي لم تشأ أن تشبه ما حولها، سقفٌ مبالغ في الارتفاع، تحدي الإبهار هنا قد بلغ حدَّ الإعجاز، لا أعلم إذا استطاع بصري أن يجاري مكوَّنًا واحدًا بما يستحقه من الإدراك، سجاد الصوف المزخرف يتمدد على الأرض بزهو، نقوش الحائط تُعلن التحدي صاعدةً حتى تلتحم بزخارف السقف الذي منعني الحرج من أن أدرك نهايته.

ابن أبي محلي يجلس على عرش من خشب الصنوبر داكن اللون، توالت فيه تطعيمات الذهب والفضة والصدف، واستوى عليه الرجل بحُلَّة باذخة وعِمَامَة تزدان بجوهرة ياقوت عظيمة.

لا أُنكر أنه رغم بغضي للرجل فقد كان يتمتع بحضور قوي وتأثيرٍ على النفس لا تسهل مجابهته، وفَوْرَ أن اقتربت منه وأديت التحية كما ينبغي للسلاطين، توجه إليَّ بعبارة جافة:

- أبوبكر الفاسي.. لقد حمَّلت جِمَالَك في بورصة بأربعمائة بندقية، ولم تكن معك حين دخلت إلى مُرَّاكِش فأين هي الآن؟

بَدَأَتْ أنفاسي تتصاعد وشَرَعَتْ أمعائي بالتخبُّط من جديد.. حاولتُ جاهدًا أن لا يشي وجهي بشيء من ذلك.

- هذا صحيح يا مولاي.. اشتريتُ تلك البنادق بطلب من والي مصر (محمد باشا الصُّوفِيّ)، وقد سلَّمتُها لرجاله في مصر عند مروري هناك.

انتصبَ ابن أبي محلي واقفًا رافعًا نبرة صوته:

- لماذا يطلب والي مصر البنادق من التجَّار وهي تأتيه من بورصة بالمجَّان؟! أليس الوالي ذاك هو رجل الدولة العثمانية؟! لن ينفعك الكذب يا أبا بكر.. أين تلك البنادق؟

- أرجو أن يشملني سيدي السلطان ببعض حِلْمِه.. الوالي محمد باشا طالما اشتكى لي من تقصير البلاط العثماني وتجاهلهم لنفقاته الخاصَّة كوالي لمصر.. وطلب مني في رحلتي الأخيرة أن أشتري له بعض الأسلحة لينتفع هو ببيعها ويعوض تراجع الأموال بين يديه.

عاد الرجل ليجلس على عرشه من جديد، أَمسكَ ذقنه بقبضة يده اليسرى، صمت قليلًا ثم تكلم بعبارة أقل انفعالًا:

- قصةٌ تتلاعبُ فيها الخيالات، وليس ثمَّ دليل يجعلني أثق بها وأقبلها أمرًا يستقر على أرض الحقيقة.

- بلى يا سيدي.. لديَّ الدليل.. الوالي محمد باشا سيرسل أحد أبنائه إلى هنا.. إلى مُرَّاكِش ليعاين ويختار بضائع منتقاة لأثرياء مصر، ثم يرسلها معي في القافلة ليتسلَّمها هناك.

- أمم.. حسنًا.. ومتى سيأتي ذاك الشاب؟

- لستُ متأكدًا يا مولاي.. من المفترض أن يأتي قريبًا.

- حسنًا.. ليأتِ متى شاء.. لكن اعلم أنك لن تغادر هذه المدينة حتى يحضر ذلك الشاب، ونتأكد من صحة روايتك.

لم يكن يكفي!!

ها أنا أخرج من قاعة العرش بفكرٍ منزعج ومزاج مضطرب، كلمات ابن أبي محلي التي حكمت عليَّ بالمكوث في مُرَّاكِش حتى يصل ابن الوالي محمد باشا الذي لن يصل رُبَّمَا هي المسؤولة عن حالتي هذه، أم أن اهتمام سلطان مُرَّاكِش بأمر السلاح واستدعاءه لي ليقوم مباشرة باستقصاء حقيقة مصير البنادق.. لا أعلم.. ما أعلمه أني أسوق الْخُطَى الآن في ممرات قصر البديع تابعًا الحارس من أمامي ليقودني إلى باب الخروج.

رعشةٌ بدأت تتملك فؤادي، قدماي لا تتمكنان من إتمام المسير دون بعض التعثُّر، ألمحُ حارسًا في الاتجاه المعاكس يقود شخصًا إلى لقاء السلطان، شخصًا بهيئةٍ مريبة، كُلَّمَا ضاقت المسافة ازداد اضطرابي وخرجت جوارحي عن اتزانها، قَسَوْتُ على أطرافي وحاولت متابعة مسيري خارجًا.

ما إن اقترب ذلك الرجل الغريب وكادت أكتافنا تتلامس حتى التصق كيسٌ من القماش في جسدي على نحوٍ غريب، حاولت أن أقاوم تلك الجاذبية فأخذ الكيس يلتصق بي أكثر، ساحبًا ذلك الرجل من رقبته حيث عُلِّق الكيس.

أدار الرجل وجهه نحوي فإذا بسوادٍ وظلمة تفيضان من قسماته المخيفة، شَرَعَ يوجِّه نظراته الغاضبة المتفاجئة إلى عيني مباشرة، ثم أمسك بالكيس وشدَّه بقوة حتى أفلت من جاذبية جسمي.

الحارسان المذهولان لم يَنْبِسَا ببنت شفة، أنزل ذلك الرجل الكيس أرضًا بحذر وأخرج منه صينية رصاص غليظة وأخذ يتفحصها، ثم وجه نحوي نفس تلك النظرات الغاضبة، هنا بدأ الحارسان يدفعان كلًّا منا للمضي قُدُمًا إلى وجهتينا المتناقضتين.

كأن ارتباك نفسي لم يكن يكفي!! كيف اجتمع عليَّ كل ذلك مع الأمر المفزع الذي فاجأني قبل خروجي من قصر البديع، نظرةٌ واحدةٌ في محاجر عيني ذلك الوجه البغيض كانت ستضمن لي أيامًا من الوحشة والكآبة.. ناهيك عن انجذاب ذلك الجسم الغريب إلى جسمي والتصاقه به على نحوٍ قوي.

الأمر الذي ما زال يبعث رعشة دفينة في أعماقي ويملأ عقلي بالأحاجي.. ما ذاك الشيء؟ ومَن ذلك الرجل؟ وكيف ينجذب المعدن بهذه الطريقة إلى جسمي الحي؟ ما الأمر؟ ولماذا بدت شرارات الغضب تضطرم في عيني الرجل؟

لا.. لا.. لا ينبغي أن أتجاهل ذلك الأمر.. لَا بُدَّ أن أعرف أطراف ذلك اللغز وأفكَّ رموزه... نعم.. لَا بُدَّ.

✻✻✻

لم يَدُرْ بخَلَدِي أن تترك مقابلة ابن أبي محلي في فؤادي كل هذا الارتباك.. لا بأس.. يجب أن أعالج الأمور بهدوء وتُؤَدَة.

المأزق الأول هو أنني لن أخرج من مُرَّاكِش إِلَّا إذا أثبتُّ روايتي المزعومة عن قدوم ابن والي مصر.. هذا الأمر حسبت حسابه، وعندي فيه تدبير أرجو أن يؤتي أُكُلَهُ.

- محمود.. محمود.. يا محمود.

- نعم يا سيدي، أنا في خدمتك.

- قل لي.. هل يروق لك العمل هنا في نزلي في مُرَّاكِش.

- أَمكثُ هنا شهرًا كاملًا يا سيدي.. وعملي مقابل بعض الدنانير خيرٌ من مكوثي خالي اليدين.

- ولكن قل لي ماذا ستغني عنك الدنانير الثلاثة التي ستكسبها مقابل خدمتك لشهر هنا؟! حسب ما سمعت أنك ما زلت تحتاج ثلاثين دينارًا، فماذا ستفعل حيال ذلك؟

عندها ارتسمت الكآبة على وجه الشاب، ذبلت عيناه وبدأ يحدق في اللامكان.

- اسمع يا محمود.. ما رأيك بعملٍ بسيط لن يكلِّفك إِلَّا أيامًا قلائل وسيعود عليك بعشرين قطعة ذهبية.. ها.. ما رأيك؟

عادت الدماء تجري في عروقه واتسعت محاجر عينيه، وتسربت إلى شفتيه ابتسامة تفاؤل.

- ماذا قلت يا سيدي؟! عشرون قطعة ذهبية؟! طبعًا.. طبعًا يا سيدي أريد ذلك المال وسأنجز ذلك العمل مهما يكن شاقًّا.

***

رغم أنه تردد كثيرًا في الأمر إِلَّا أنه استجاب أخيرًا لإغراء المال، ذهب محمود يستعدُّ لمغامرته الآتية بعد أن أعدَّ لي هذا الإبريق من شراب الزعتر، أرجو أن يصل (مَرْجَان) قبل أن يبرد الإبريق.

- مرجاااان.. وَصَلْتَ في الوقت المناسب.. تفضَّل.. تفضل يا بُني.

- يا أهلًا بالشيخ أبي بكر.. كيف حالك يا عم؟

- أنا بخير والحمد لله كما ترى.. لا تزيدني الأسفار إِلَّا قوة.. ولو أني عاتبٌ عليك.. والدك رحمه الله لم يكن يغيب عنِّي كُلَّمَا جئت إلى مُرَّاكِش، أما أنت فيبدو أنَّ العمل في قصر السلطان قد أشغلك عن الشيخ أبي بكر.

- أعوذ بالله.. لا تقل هذا يا عم أرجوك، مهما أرتقِ في وظيفتي فلن أنسى فضلك عليَّ وعلى والدي، لن أنسى أنك أسكنتنا في بيتك غرب البلدة لعشر سنين دون أن تأخذ منا درهمًا واحدًا، ولكن قل لي يا عم كيف تأتي لقصر البديع قبل يومين دون أن أعلم؟! كان يجب أن تخبرني لأُرتب لك استقبالًا يليق بقدرك ومكانتك.

مددت يدي عندها إلى الإبريق، سكبت فنجانًا، قدّمته لمَرْجَان، اعتدلت في جلستي وتوجهت نحوه بملامح جَادَّة:

- ها قد وَصَلْتَ إلى مربط الفرس يا مَرْجَان.. هناك رجل مُكفهرٌّ الوجه قبيح الملامح ومظلم القسمات، رجل كان في القصر في نفس اللحظة التي هممت فيها بالخروج، رجلٌ لم أرَ أبغض منه على قلبي رغم رؤيتي له للمرة الأولى.. فمن هو ذلك الشخص؟

- كأنك تقصد الشيخ داغر.. هو بالفعل كان في القصر قبل يومين، وهو كما قلت يا عم ينطبق عليه من القبح ما وصفته به تمامًا، ولكن ما الأمر؟ ! هل هناك خَطْبٌ ما؟

- ما من خَطْبٍ يا بُني.. ولكنِّي أعرف رجال مُرَّاكِش كلهم تقريبًا، ولم أرَ ذلك الرجل فيما سبق مطلقًا.

كاد شراب الزعتر يبرد، فتناوله مَرْجَان دفعة واحدة وشرع يتكلم:

- صدقتَ يا عم هو ليس من مُرَّاكِش.. أنا لا أعلم من أين يأتي، لكن ما أعلمه هو أنه مقرّب جِدًّا من السلطان منذ أن كان في سجلماسة، وأنه يُمنع الدخول عليهم مطلقًا عندما يكون في معيَّته.

والحقيقة أن الأقاويل قد كثرت حوله في القصر، فمنهم من يقول: إنه ساحر، ومنهم من يقول: إنه عرَّاف، وأما البعض فيدّعي

أنه وليٌّ صالح تجري على يديه الكرامات.. غير أن رجلًا غريبًا قَدِمَ إلى بوابة القصر قبل أسبوع.. لا.. لا.. لا يهمُّ.

- رجلًا غريبًا.. حسنًا.. ماذا بعد؟

بدأ وجه مَرْجَان يميل إلى الاصفرار، عيناه خائفتان وكأن أطرافه اشتكت من بعض الارتعاش، انتقل إلى الحديث بصوت خافت:

- المعذرة يا عم.. أنا أعمل في القصر.. ولا يجدر بي أن أخوض في تفاصيل ما يجري هناك.

- اسمع يا بُني.. أنا لم أسألك قبلُ عن شؤون القصر.. ولن أسألك بعدُ الآن في هذا الأمر.. فهات ما عندك وليكن آخر ما أسمعه منك.

- قبل أسبوع جاء إلى القصر رجل غريب يُدْعى (سفيان)، حاول الاستئذان بالدخول على السلطان لكن الحراس منعوه من ذلك، وعندما أصروا بالرفض بيّن لهم أنه سيقابل السلطان ليحذِّره من الشيخ داغر، غير أن ذِكْرَهُ للشيخ داغر زاد الطين بِلَّة فأصروا على منعه من الدخول أكثر من ذي قبل؛ مما اضطره أن يعود خائبًا.

- تقول قبل أسبوع؟! وأين هو سفيان هذا؟ هل غادر مُرَّاكِش؟ هل ما زال فيها؟ تكلَّم يا مَرْجَان.

- لا أعلم يا سيدي.. لا أعلم.. ولكن أرجوك يا سيدي.. ليبقى ما أخبرتك به مطويًّا في خفايا نفسك حتى لا يصيب مَرْجَان ما لا تُحمد عقباه.

- بالطبع يا مَرْجَان.. أبشر.. أبشر.

حافظ على هدوئك

تمامًا حسب ما وجّهني به الشيخ أبوبكر.. خرجنا أنا ويلتان من مُرَّاكِش من بابين مختلفين ثم التقينا شمالًا وواصلنا مسيرنا إلى (الدار البيضاء)، كانت الثلاثة أيام كفيلة لتوصلنا إلى هناك، لا أعلم لماذا حَرَصَ أن نبقى هناك أسبوعًا كاملًا ثم نلتحق بالقافلة المتوجهة جنوبًا إلى مُرَّاكِش.

بلى.. عَرَفْتُ الآن.. لقد أوصاني أن لا آخذ من شاربي شيئًا، لقد أوصاني أن أجتهد في برم طرفي شنبي لأبدو مثل الأتراك.. آه.. آمل أن تُفلح الملابس الفارهة في أن تستر حقيقة كوني فقيرًا من أبناء حُلْوَان ليس إلّا.

- هنيئًا لك يا يلتان تلبس هذه الحلَّة ولا يُطلبك منك إِلَّا الصمت.. أنا نفسي اقتنعت أنك الحارس المرافق لابن والي مصر.

- محمود.. حافظ على هدوئك.. لم يبقَ الكثير على وصولنا إلى مُرَّاكِش، يجب أن تكون ثابت النفس واثق المفردات، يجب أن تكون مستعدًا، رُبَّمَا طلب السلطان

لقاءك وسألك عن بعض شؤون مصر، أو رُبَّمَا عن أخبار والدك الوالي.

هنا سمعتُ صوت أمعائي وأحسست بألم في أعلى رقبتي.

- صحيح.. ذكَّرتني.. السلطان.. آه.. سترك يا رب.. كلامك صحيح يجب أن أستعد، إنها عشرون قطعة ذهبية ولن أُفَرِّط فيها.

أسديت لك خدمة

هذه الْمَرّة لم يستقبلني ابن أبي محلي واقفًا فحسب، بل متقدمًا أمام عرشه بخطوات، رُبَّمَا تقدَّم حتى توسط قاعة العرش، قاعة العرش هي هي التي أعرفها، لكن ذاك الواقف أمامي لا يشبه الذي رأيته آخر مرة، وجهه شاحب وأطرافه مترددة، استقبلني بترحيب حار، ثم شرع يتبجَّح ببعض العتاب:

- ما كل هذا الغياب يا شيخ داغر.. ألا تعلم أنني أتحرَّى قدومك؟

تحركت ببرودي المعتاد ولم أُغيِّر تعابيري، جلست في طرف المكان بهدوء وأَشرْتُ له أن يجلس بجواري، لم يَخْلُ ذلك من بعض الاستعلاء، أَخرجتُ نافذة المصير ومددتها إليه ليتسلَّمها، ما إن أرسل يده حتى أحجمت عن ترك النافذة ونظرت إليه بعين ثاقبة:

- قبل أن تتسلم نافذة المصير أيها السلطان يجب أن تعلم أنها الْمَرّة الأخيرة التي تنظر فيها إلى وجه النافذة.

اختلف وجه الرجل وأرخى قسماته موافقًا، فعلمت عندها أنه قد خضع لسطوة ماردي الشجاع.

بدأتُ بتلاوة ترانيم الأَرْوَاح، وأخذ هو يُحدِّق في وسط نافذة المصير، ملامح متقلِّبة بين دهشة ووجوم وتقعُر وسرور ثم حبورٌ كبير.

- هاه.. ماذا رأيت أيها السلطان؟ كأنك قد رأيت ما يسرُك.

سكت لبرهة، حدّق في الأرض ثم حدّق في وجهي قائلًا:

- لقد رأيتُني أقود جيشًا عظيمًا نحو مدينة فاس، راعني ما رأيت من دماء وإزهاق للأَرْوَاح في الطرفين، غير أن ما رأيت من دخولي فاس منتصرًا أعاد الفرحة والسرور إلى فؤادي.. نعم يا شيخ داغر هذه المناظر جديرة بأن تكون خاتمة عهدي بنافذة المصير.

- حسنًا أيُّها السلطان.. هنيئًا لك الانتصار، فكما تعلم.. نافذة المصير لم تكذب عليك قطُّ.

- قبل أن تذهب يا شيخ.. هذه الْمَرّة لن تخرج قبل أن تحظى بعطيَّة السلطان، فقد اعتذرتَ عن قبولها مِرارًا، أما اليوم فلا بُدَّ من أن تقبلها.

حدَّقْتُ في عينيه رافعًا حاجبي الأيسر ومتكلمًا بحروف مبيِّنة:

- كما أخبرتك أيها السلطان سابقًا، الشيخ داغر لا يقبل العطايا، الشيخ داغر سيأخذ ما يريد في الوقت الذي يريد متفضِّلًا على من يريد.

- ماذا تقصد بهذا الكلام؟! أنا لا أفهم.

- ستفهم عندما آتيك منتصرًا في فاس، وآخذ عندها ما أريد.

رجع ابن أبي محلي للجلوس على عرشه، بدأ لونه يرجع إلى طبيعته، واتكأ على ذراع العرش:

- ولو أني ما زلت لا أفهم كلامك، إِلَّا أنني أسديت لك خدمة وأحسبك تستحقها.

- خدمة!! وما هي الخدمة التي أَسديتَها للشيخ داغر أيُّها السلطان؟!

- قبل أيام حضر إلى القصر رجل يُدعى (سفيان)، وأصرّ على مقابلتي ليفضح أمرك حسب قوله، لكنِّي كنت أشدَّ إصرارًا على ردِّه صاغرًا مطرودًا عن باب القصر.

توقف رمشاي عن الحركة، فاض السواد في محاجري على عَتَمَة وجهي، سَرَتْ موجةُ بغضاءٍ كبرى في عروقي حتى أَتْخَمَتْ قلبي.

- ماذا قلت؟! هل قُلتَ سفيان؟!

- نعم.. هكذا أخبرني الحرس.. لماذا؟! وهل تعرفه؟!

- لا.. لا.. لا أظني أعرفه.. ولا أظن القدر سيفعل.

يا لك من ذكي

أخيرًا جاءني الخبر الذي كنت أنتظره، ذاك المدعو سفيان ما يزال في مُرَّاكِش، ويقطن نُزُلًا بائسًا في غرب المدينة، رغم أني بدأت فورًا بالتحرك إلى هناك بِخُطًى حثيثة إِلَّا أنني لا أعرف بالضبط عن ماذا سأسأل وكيف سأسأل شخصًا لا أعرفه عن شخص لا أعرفه أيضًا، وما يدريني أنه سيرشدني إلى الصواب؟ لا أعرف لكنِّي ما زلت أُحرِّك مفاصلي إلى هناك وها قد كدت أصل.

بعد أن طرقت باب غرفته وانتظرت لبرهة أطلّ عليَّ من وراء الباب وجهٌ لا يدعو إلى الارتياح أبدًا، لم يجامل قدومي ولو بابتسامة.

- من أنت يا هذا؟ وماذا تريد؟

قابلته بملامح جافَّة تشبه تلك التي قابلني بها.

- لن يهمك من أكون، لكنِّي أتيتُ استكمالًا لزيارتك قصر البديع قبل عدة أيام.

ارتخت تعابير الرجل وأخذت مفرداته تلين.

- أها.. إذن أنت رسولٌ من القصر.. لقد عرفت أن السلطان لن يتجاهل الأمر، وسيرسل من يستقصي حقيقة ذاك المراوغ داغر.

أصابتني كلماته بالدهشة، لم أتوقع أن يفسِّر قدومي على هذا النحو، تَبادَلَ عقلي مع نفسي إشارات خاطفة، قررت أن أستثمر هذا التفسير وأُبحرَ بين أمواج ظنون الرجل.

- يا لك من ذكيٍ نابه، تصوُرك في محلِّه، لم يكن سيدي السلطان ليسمعَ بالأمر دون أن يتحقق منه، لكنه أراد أن أتواصل معك بعيدًا عن أروقة القصر.. الآن قل لي يا سفيان ما تلك الأمور التي تعرفها عن داغر، ويجب أن تنبِّه إليها سيدي السلطان ابن أبي محلي.

هنا أومأ الرجل لي بالدخول إلى غرفته، قرّب لي كرسيًا وجلس بجواري بعد أن أحكم إغلاق الباب.

- اسمع يا هذا.. داغر في الأصل ابن الساحر المعروف مراد، وقد أرشده ذاك قبل أن يَهْلِك إلى صنع (نافذة المصير) والتي تمكّن داغر من صنعها بالفعل.

وقد بدأ منذ ذلك الوقت بإغراء السلطان ابن أبي محلي بخوض المعارك، واحدةً تلو الأخرى حتى يجمع هو أكبر عدد من الأَرْوَاح الفانية، ويصل بعدها إلى التحكُّم الكامل في أَرْوَاح جبل توبقال.. هل فهمت؟

صاعقة مباغتة تخترق رأسي، سمعي يتعطَّل، عيناي تُحَدِّقان في اللامكان، التيه يغزو إدراكي، خيالاتٌ تتقاطع أمامي لتُحيل أفكاري إلى ضياع تام.

بدأت أطرافي تتخشب ورأسي يدور.. هل أنا أحلم؟! لقد سمعتُ اسم أبي.. داغر هو ابنه المزعوم.. هل تكفي رباطة جأشي أن أتابع ما أنا فيه، لم يكن لديَّ خيار آخر، رجوتُ أن لا يوحي وجهي بشيء مما جال في نفسي لأكمل ما بدأته مع سفيان.

- تمهَّل يا رجل.. لم أفهم كثيرًا مما قلته.. ماذا تعني بـنافذة المصير؟ وكيف لداغر هذا أن يُغري السلطان بشن تلك الحروب؟

- نافذة المصير هي مسبوكةٌ لأَرْوَاح مائة مشعوذ، ولها القدرة على أن تعرض لك ما يدور في عقلك من خيال وظنون، وقد أوهم داغر السلطان ابن أبي محلي أنه يرى فيها الغيب الذي لم يقع بعدُ، فما كان من السلطان إِلَّا أن صدَّقه وأخذ بشن الحروب تِبَاعًا حتى تمكَّن من حكم مُرَّاكِش، وداغر اليوم يكاد يكمل ما يحتاج من قرابين وأَرْوَاح، فلا بُدَّ أنه سيُغري السلطان بمزيدٍ من الحروب.

- فقل لي إذن كيف لنا أن نصل إلى داغر ونوقف شروره بل ونحاسبه على أفعاله حسابًا عسيرًا.

- ها.. هذا الأمر لن يكون بالمجان.. ارجع إلى سلطانك، وأخبره أن سفيان سيثبت لكم كذب داغر، ويمكِّنكم من الإمساك به هو ونافذته المشؤومة مقابل مائة قطعة ذهبية فقط.

***

هل كنتُ حائرًا يومًا ومندهشًا في حياتي كما أنا اليوم، ما هذه المقابلة التي قلبت كِيَاني وانتزعت السكينة من نفسي، لم تكن مفردات ذلك الغريب سفيان من العيار الذي يستطيع عقلي التعامل معه.

هل سيستوعب ذهني أمر نافذة المصير تلك التي صُنعت من أَرْوَاح المشعوذين أم هل سيفهم كيف أن داغر البغيض هو الصبي الذي اختطفه أبي ليُحيله إلى ذاك المشعوذ، كيف سيفسر العقل ذاته سبب التصاق جسدي بنافذة المصير عند اقترابي منها على نحو كاد يمزق الكيس الذي أُودعتْ فيه، فعلًا إنه أمر يذهب باتزان العقول!

وكأنني الآن أتجاهل سؤالًا مُهِمًّا، هل من الصواب الرجوع إلى سفيان وإعطائه مائة قطعة ذهبية ليخبرني المزيد عن داغر وطريقة الوصول إليه، يا ساتر.. مَنْ المجنون الذي سيدفع المال ليصل إلى ذلك الوجه القبيح الذي يبعث على ضيق الصدر؟

لكنَّه إذا تُرك وشأنه فسيحصد الأَرْوَاح عاجلًا أو آجلًا، وسيسيطر على الشرور الكبرى في توبقال وعندها لن يستطيع أحدهم إيقافه.

قررتُ استلال كيس نقودٍ من وسط خزانتي الحديدية، لم تكن الدنانير المائة هيِّنة على قلبي، ولكنِّي لم أبدأ هذا الأمر لأتوقف الآن، توجَّهتُ إلى حيث رأيت سفيان بالأمس، عامل النُّزُل لم يعطني إجابة تريح الفؤاد:

- سفيان في غرفته.. لم يخرج اليوم.. منذ أن غادره ضيف البارحة كريه الوجه وهو في مكانه لم يتحرك.

أمرتُ جسدي بأن يستعجل باتجاه تلك الغرفة، طَرَقَات متعاقبة على الباب لا تجد مجيبًا، دفعتُ الباب فلم أجده موصدًا، خطواتي إلى الداخل أَفزَعَتْ قلبي برؤية ذلك الرجل ممددًا على الأرض غارقًا في دمائه، الخِنْجر الذي أهداه الميتة الغادرة كان ما يزال يتوسط صدره، وأظنني عرفت الفاعل!

لم يختر الذَّهَاب

أجهدتُ قدميَّ سعيًا في شوارعها وأزقتّها، أطلقت عينيَّ في نقوش أبنيتها وتفاصيل مساجدها وروعة بواباتها، دفعتُ نفسي للوصول إلى كل معاني الجَمَال فيها.

مُرَّاكِش تَأبى إِلَّا أن تُفاجئك كل يومٍ بمزيد من السحر والبهاء، غير أن التقاط الجَمَال صَاحَبَه التقاطي لأخبارٍ ورواياتٍ وقصص أتناسى بعضها ويأسرني بعضُها الآخر، قصصٌ لم أسمع مثلها في الشام، قصصٌ لا أعلم إن كانت تنتمي لعالم الحقيقة أم أنه قد جال خيال راويها قبل أن تصل إلى مسامعي.

رواية واحدةٌ استوقفت عقلي الصغير ولم أشأ إِلَّا أن أتحقق من صحتها، نعم.. وعندي الشخص الذي أثق بروايته، طالما توافد عليه التُّجَار في مكتبه، ولم أجد وقتًا ملائمًا للحديث معه، لكنَّ حظي اليوم يبدو أفضل حالًا، ها هو يجلس منفردًا.

تقدمتُ نحوه، أخذتُ مكاني في المقعد المقابل له، بعد أن أدَّيْتُ التحية اللائقة.

- المعذرة يا شيخ أبوبكر، ترميني مُرَّاكِش بجمالها وأخبارها على حَدٍّ سَوَاء، ولا أجد خيرًا منك لأستجلِي منه حقيقة بعض الأخبار.

- تفضل يا أسامة.. أنا أستمع إليك.

- شدّني ما سمعته عن سيرة السلطان ابن أبي محلي، قال لي البعض: إنه كان في أول حياته طالبًا فذًّا في حلقات العلم، واستمر في مسيرته حتى أصبح من أعلم أهل الفقه ولُقِّب بـ (شمس الزمان)، ثم عكف يطلب الأحوال الرَّبَّانِيَّة في زاويته في بني عباس، وكان عندها يستقبل المئات من المريدين والأعلام وطلَّاب العلم.

ولكنَّه ولسبب غير معلوم انقلب على كل ذلك فأصبح يجيِّش الجيوش ويخوض الحروب، وانحدر به الأمر إلى أن ادَّعى أنه المهدي المنتظر، بل وزعم أن أصحابه خيرٌ من أصحاب الرسول (صلى الله عليه وسلم)، فهل ما سمعته صحيح يا شيخ؟ أم هو افتراءٌ لم يَسْلَم من التحريف؟

أَخذَ الشيخ يهز برأسه وجاوبني بنبرة لا تخلو من الأسى:

- بل هو صحيحٌ يا بُني.. كل ما ذَكَرتَه صحيح.. بل إن هناك تفاصيلَ أكثر شناعة تكاد تذهب بإيمان ذلك الرجل غير أني لا أُفضِّل الإفصاح عنها.

- عجيب!! هو فعلًا أمرٌ عجيب!! هذه أغرب قصة أسمعُها في انقلاب الحال.. أليس كذلك يا شيخ؟! هل هناك ما هو أغرب من ذلك في انقلاب الحال؟

هنا سَرَحَ الشيخ بناظريْه لثوانٍ، ألصق ظَهرهُ بظهرِ الكرسيِّ من خلفه حدَّق في السقف ثم توجه إليَّ بنظرات متأثرة.

- بلى يا بُني لقد سمعتُ أعجب من ذلك في انقلاب الحال.. هل تصدق أن ساحرًا بغيضًا أنجب طفلًا من صُلبه ليكون ساحرًا على طريق والده، ثم في غفلة منه اختفى الطفلُ وأمه، بعد أن فقد الساحر الأمل في العثور عليهما، قرر أن يخطف طفلًا بريئًا لأناسٍ لم يقترفوا ذنبًا سوى التسوق في شوارع فاس.

واليوم وبعد خمس وأربعين سنة أصبح ابن الساحر اللعين رجلًا مؤمنًا ثريًّا وجيهًا ينعم بالدنيا ويرجو الآخرة، أَمَّا ذاك الطفل الآخر الذي لم يَخْتَر الذهاب بعيدًا عن والديه فقد أصبح مشعوذًا لئيمًا بغيضًا لا يستسيغه البشر ولا الدوابُّ، يشقى بالدنيا ولا يرجو الآخرة.. هاه؟ هل سمعت بمثل هذا في انقلاب الحال؟

بعد أن ضَيّقَتْ عباراته صدري وكدَّرت خاطري جاوبته متأثرًا:

- لا يا شيخ.. لا.. لم أسمع بمثل هذا في انقلاب الحال.

ماذا دهاك؟

تمامًا كما أوصاني الشيخ أبوبكر، دخلتُ مُرَّاكِش أنا ويلتان بحُلتنا الكاملة، دخلنا من (باب الخميس)، حَرَصْتُ أن أَلْفِتَ نظر الحرّاس هناك، وجاوبتهم حين سألوني:

- أنا (زكريا) ابن والي مصر، وهذا خلفي حارسي الخاص، وقد أتينا لملاقاة الشيخ أبي بكر الفاسي.

وها نحن قد قطعنا مُرَّاكِش من شمالها حتى وصلنا إلى نُزُل الشيخ أبي بكر، لا أعلم إن كانت قصة زكريا المزعومة سيكتب لها النجاح؟ لكنِّي أعلم أن الدنانير العشرين ستُفرح والدي وتنقذ أرضه.

بعد أن أرسل الشيخ أبوبكر إلى وزير قصر السلطان فور وصولنا إليه، لم يَمْضِ وقتٌ طويل حتى حضر أحد حرَّاس القصر الذي وَشَتْ حُلّتُه العسكرية بارتفاع شأنه، توجه إلى الشيخ بالحديث:

- يُعلمك سيدي السلطان ابن أبي محلي أنه لا حاجة لحضور ابن والي مصر لدينا، كما يُعلمك أنك ما زلت ممنوعًا من التوجه إلى فاس.

شخصت عينا الشيخ أبي بكر عندها، وفزع إلى رسول السلطان بالسؤال:

- ولكن.. ولكن لماذا يمنعني السلطان من التوجه إلى فاس؟

هنا بادر الرجل بجواب حازم:

- ماذا دهاك؟.. ألا تعلم أن دولة أبناء المنصور في فاس تعادي سيدي السلطان، وأنها تجهِّز ضدنا الجيوش؛ ولذلك فقد منع السلطان خروج أيٍّ من أهل المدينة اعتبارًا من اليوم، وسيكون من الخطأ الفادح السماح للقوافل الوصول إلى فاس لتقوية دولتهم ورفع جاهزيتهم.

- ولكني من أهل فاس!! والدتي هناك ولا بُدَّ من أن أذهب إليها.

- أَمْرُ السلطان واضح يا هذا، لن يغادر مُرَّاكِش إِلَّا الغرباء، وأنتَ لن تغادر مُرَّاكِش إِلَّا بموافقة سيدي السلطان ابن أبي محلي.

إلى هنا وكفى

هل أنا أحلم؟! لا أصدق أن الكيس بين يدي قد اجتمعت فيه ثلاثون قطعة ذهبية، آه لو يعلم أبي أني جنيت كل ذلك المال، وأن عشر قطع أخرى تنتظرني في القاهرة.

فعلًا إن أبواب الرزق تصيب العقل بالعجب، الشيخ أبوبكر أوفى بعهده وأعطاني المال، أعطاني تلك الدنانير كاملة رغم أن السلطان صرف النظر عن مقابلتي، ياه.. كم أحمد ربي أنْ رحمني من ذلك اللقاء المربك، وها هو الشيخ أبوبكر يطلبني اليوم، لا أعلم لماذا، رُبَّمَا ليكلفني بمُهِمَّة سهلة مربحة أخرى.

بمجرد أن حضرت إلى مكتبه في طرف النُّزُل نهض من مكانه، وساق خُطًى قليلة حتى أوصد الباب ورجع ليجلس خلف طاولته مواجهًا لي، قسماته الجَادَّة وَشَتْ بخطورة الأمر الذي سيكلمني فيه.

- هناك أمرٌ مُهِمٌّ أود أن أُكلفك به، فاستمع جَيِّدًا، أريدك أن تذهب إلى أحد الأولياء، ويُدعى (الشيخ مبروك)، يقطن في قرية نائية تبعد مسير يومين، تذهب إليه لتقول له: إنك

رسول المرأة التي هَرَبتْ من الساحر مراد، المرأة التي عُقدت لولدها مواثيق أَرْوَاح توبقال، وأن ولدها قد عثر على تلميذ ذلك الساحر وهو يوشك..

بَدَأتْ أمعائي تتصارع، شفتاي تشتكيان من الجفاف، لم أحتمل مزيدًا من تلك التفاصيل المفزِعة.

- لحظة.. لحظة يا شيخ.. أرجوك لا تُكمل.. نحن لم نتفق على هذه الأمور، ساحر ومواثيق أَرْوَاح!! وثم تلميذ الساحر، رُبَّمَا تغريني الأموال لخوض بعض المغامرات، لكن إلى هنا وكفى.

- اسمع يا محمود؛ الأمر لن يكون صعبًا، وأنت لن تواجه ساحرًا، وسأعطيك مبلغًا مجزيًا.

- لا.. لا يا سيدي، ذاك العطاء السخي أعطه رجلًا آخرَ ليذهب، أَمَّا أنا فلن أذهب أبدًا.

عندها أرخى الشيخ أبوبكر نبرته:

- ماذا يا محمود؟! هل تتخلى عنِّي الآن، أَلَا تعلم أن أهل مُرَّاكِش لا يُسمح لهم بالمغادرة، وأن الغرباء لا أستطيع إرسالهم بتلك الأسرار الخطيرة، ليس لي إِلَّا أنت يا محمود، تشجَّع وتوكل على الله، ولا تخذل الشيخ أبا بكر.

- أرجوك لا تحرجني يا شيخ، سأخدمك في أي شيء آخر، أما هذه الأمور فلن أسير فيها خطوة واحدة.
- إذن فلم يبقَ أمامي إِلَّا خياري الأخير.

الفصل الخامس
نهايات خريف 1613

قبل فوات الأوان

لم أكن قد انتهيتُ بعد من اكتشاف كامل مُرَّاكِش، لم أكن قد اكتفيت من تلك الساحات والشوارع والدكاكين والمآذن، لم أكن أنوي مفارقة أسوار تلك المدينة قريبًا، ولكن ها أنا اليوم أحث دابتي لتحرك قوائمها صوب بلدة (الحاجب) جنوب مدينة فاس، وها هو يلتان يتبعني على راحلته.

حسنًا فعل الشيخ أبوبكر أن أصرّ عليه أن يرافقني، فلا أحد يتوقع مخاطر الطريق إلى هناك، غير أن المخاطر التي تنتظرني هناك هي ما يشغل بالي ويخرج قلبي عن استقراره.

نسمة هواء منعشة تداعب وجنتي، رُبَّمَا لتشغلني عن حديث نفسي، لكنّها تفشل في ذلك، لا أعلم كيف دفعتني النخوة والشهامة لأقبل مثل تلك المُهِمَّة، آه لو تعلم أم أسامة أن ولدها سيتدخل في أمور السحر والتمائم والأَرْوَاح.

حسنًا أنا في الحقيقة سأكون رسولًا ليس إِلَّا، لا أعلم لماذا لا تقبل نفسي تهوين الأمر، ونبذ ما يساورها من اضطراب، بل أعلم لأن الأمر مفزعٌ فعلًا.

زاوية (الشيخ مبروك)، هنا يفترض أن أجد ذاك الولي، وهنا يجدر بي أن أنقل إلى مسامعه كلمات الشيخ أبي بكر، أرجو أن لا يفوتني شيء من كل تلك التفاصيل المعقدة المُخيفة.

شيخٌ وقور تمكَّن البياض من كامل لحيته، عيناه تُطَمئِنَان البال، وثيابه الفَضْفَاضَة لا تحوي من زخرف الدنيا قليلًا أو كثيرًا.

بعد أن جَلستُ أمامه وبدأت بسرد ما لديَّ، تفاعل وجهه وتقلَّبت ملامحه:

- ماذا قلت؟! أَفلَحَ تلميذ الساحر مراد في صنع نافذة المصير، ويكاد يستكمل جمع الأَرْوَاح؟! هل أنت متأكد؟
- هكذا أخبرني الشيخ أبوبكر.
- ولماذا لم يَأْتِ الشيخ أبوبكر إلى هنا لآخذ منه حقيقة الأمر وتفاصيله؟!
- كما قلت لك أيها الوليُّ.. الشيخ أبوبكر ممنوع من مغادرة مُرَّاكِش.
- لا حول ولا قوة إِلَّا بالله.. المُهِمُّ يا بُني اعلم أن الأمر جِدُّ خطير، إنجاز حصد الأَرْوَاح مع امتلاك نافذة المصير يعني أن صاحب ذلك الإنجاز سيُسيطر على الأَرْوَاح بشكل كامل، ويتمكن من تحريكها أشتاتًا أو دفعة واحدة، اجتماع كل تلك الشرور في قبضة رجل واحد تعني أن

خطرًا عظيمًا وشرورًا كبرى تكاد تعم أرض بلاد المغرب وما جاورها.

أَغْمَضَ هنا الشيخ مبروك عينيه، واصفرَّ وجهه، وأخذ يهز رأسه متمتمًا بأدعية وتوسلات إلى الله بأن يلطف بالعباد.

- ما ذكرته يا شيخ مبروك يعرفه الشيخ أبوبكر، غير أن سؤاله الحائر اليوم هو كيف لنا أن نصل إلى داغر وكيف لنا أن نوقف ذاك الخطر العظيم؟

عاد الشيخ مبروك ليفتح عينيه لكنَّ وجهه احتفظ بالصُّفْرَة نفسِها.

- هذا الأمر لن يُنْجَز إلَّا على سفوح جبال توبقال، وهناك سنجد داغر، أَمَّا أَمرُ إيقافه فذلك أمرٌ خطيرٌ خطير، ومجازفة كبرى تصل إلى حَدِّ التَّهْلُكَة.

توقّف قلبي عن النبض للحظات أو هكذا أحسبه، انتقل اللون الأصفر إلى وجهي أنا هذه الْمَرّة.

- تَهْلُكَة!! وكيف ستكون التَّهْلُكَة؟!

- الشيخ أبوبكر يملك عقدًا تامًّا للأَرْوَاح في توبقال، ولن يأخذ هذا العقد مداه إلَّا إذا تُلِيَت الترانيم هناك في تلك السُّفُوح، وإذا فَعَل ذلك فإنه يحرر الأَرْوَاح، ولن يحول بينه وبينها حائل، وكونه لا يملك نافذة المصير فإن الأَرْوَاح هي التي ستسيطر عليه وتصيِّره تابعًا لها، أَمَّا إذا

حصل على النافذة فإن الأمور تنقلب وتصبح الأَرْوَاح كلُّها تحت أمره وفي تصرُّفه، وهنا تكون الكارثة أكبر.

- لم أفهم.. لماذا تكون الأمور أسوأ إذا تلا الترانيم وسيطر على النافذة؟

يوجه الشيخ مبروك كلتا يديه لينتزع عِمَامَته ويضعها جانبًا، ويحك ما بقي من شَعْر رأسه وهو يتلفَّظ بعباراته.

- يا بُني.. إن للتحكم بذلك القدر من الشرور نشوة كبرى واندفاعًا نحو الفجور، لا يستطيع عوامُّ البشر إلَّا أن يستخدموا شرور تلك الأَرْوَاح ويطلقوها إرضاءً لأمراض نفوسهم.

بدأت ألحظ أن أسناني أَخَذَتْ تطقطق ببعضها وأطرافي ترتعش.

- إذن يا شيخ ما عساي أن أُبلِّغ الشيخ أبا بكر؟! هل هناك من مخرجٍ لهذه المعضلة الكبرى؟

- لا أجد حلًا ممكنًا غير أن يُقطع الطريق على ذاك المشعوذ قبل أن يُكمل جني الأَرْوَاح، لَا بُدَّ من انتزاع تلك النافذة وإتلافها قبل فوات الأوان.

***

خرجتُ من ذلك اللقاء بنصيب وافر من خيبة الأمل، رغم معرفة الشيخ مبروك بعالم المشعوذين وأَرْوَاح توبقال، إلَّا أنه

لم يُرشدنا إلى حلٍّ قابلٍ للتحقيق، ولم يُهدِنا سرًّا ينفعنا لتجاوز ذلك الكابوس الغارق في الْعَتَمَة.

(ينفعنا)!! ولماذا أصبحت أتكلم بضمير الجماعة؟! ما أنا إلَّا ساعٍ في خبرٍ ما، وسأرجع بما سمعت إلى ذلك الرجل الذي أرسلني وحسب، حسنًا.. سأرجع ولكن ليس بعد.

بَقِيَتْ لي الوجهة الثانية، يفترض بي الآن أن أتوجه إلى وسط مدينة فاس لأقابل والدة الشيخ أبي بكر، نعم وكما قال الرجل: إن هذه المُهِمَّة أكثر صعوبة من الأولى، فمن الصعوبة بمكان أن تتجاوب معي (حسينة) وتسلمني تلك القلادة التي أخبرني عنها الشيخ أبوبكر، حسنًا لكنه أوصاني ببعض الكلمات التي ستسهل الأمر قليلًا.

***

كنتُ أعتقد أن مُرَّاكِش قد انفردت بجَمَال البنيان وسحر المكان، كنت أعتقد أن العين لن تنظر بإعجاب إلى مدينة أخرى في شمال إفريقيا، كنت أعتقد أن الإبداع المغاربي قد أخرج كل ما في جَعْبَته داخل أسوار مُرَّاكِش.

عجبًا كيف استقبلتني فاس ببواباتها الراقية وبذلك القدر من الترحيب!!

المنازل الأنيقة ذات الأبواب الخشبية داكنة اللون والمطعمة بالنُّحَاس تغازل بَصَري على نحوٍ غير محتشم، المآذن المربعة

المتزينة بالفُسَيْفِسَاء تدعوني لأتوقف قليلًا وأُلقي نظرة عن قرب، آه.. بقلب منكسر غضضت البصر وقسوتُ على شغفي لأتوجه إلى الخالة حسينة.

خادمة في منتصف العمر جَادَّة الملامح استقبلتني على مدخل ذلك المنزل الأنيق في وسط فاس، تَحَوَّل الاستقبال إلى حفاوةٍ وترحيب بمجرد أن ذكرت اسم الشيخ أبي بكر، خلال لحظات وجدت نفسي أتوسط غرفة المعيشة منفردًا، صينية النُّحَاس من أمامي التي جَلَسَتْ على طاولة سداسية منخفضة لم تَلْبَث حتى ازدحمت بالفاكهة وشراب (الأتاي) الساخن.

أخيرًا حضر ما هو أهم، سيدةٌ وضيئةُ الوجه يكسوها الوقار، تَقدُّمها في السن لم يُخْفِ ملامح الطِّيبة في قسماتها، ابتسامتها المنكسرة تحولت إلى عَبْرة مُنخنقة بمجرد أن نقلتُ لها تحيات ولدها الوحيد.

تمامًا كما توقع ابنها، انفعالها كان شديدًا، وكلماتها كانت قاطعة لمَّا طَلَبتُ منها تلك القلادة، حاولتُ أن أُلطِّف الأمر ما استطعت، فجابهت ذلك برفض خِفْتُ معه أن يُوصد الباب دُوني.

انتقلتُ عندها إلى الخطوة التالية:

- كما تشائين يا خالة.. لكنَّ الشيخ أبا بكر أوصاني أن أخبرك بأنه وجد ذلك الغلام المخطوف من أسواق فاس، وأن الوسيلة الوحيدة لإنقاذه هي عن طريق هذه القلادة.

لَمَعَتْ هنا عينا حسينة، انخطف لون وجهها وساد الصمت للحظات، ثم توجهت نحوي بنظراتٍ حَادَّة:

- ماذا قلت؟! هل قلت: إنه وجد ذلك الغلام؟ هل ما زال حيًّا؟ هل وجده فعلًا؟

- نعم يا خالة لقد وجده فعلًا.. هذا ما أكَّده لي.

صَمَتَتْ بنفس الوجه المخطوف، وأخذت عيناها تتقلبان يمينًا ويسارًا، لَمَحْتُ بعض الدَّمَعَات قبل أن تغادر تلك المحاجر.

- حَقًّا أريدُ أن أساعد ذلك الفتى.. حَقًّا أريد أن أكفِّر عن خطيئتي.. حَقًّا أريد أن يعود السلام لنفسي المتعبة.. ولكن.. ولكن لن أسلك ذلك الطريق أبدًا.

أدركتُ في تلك اللحظة أن الوقت قد حان لوصية الشيخ أبي بكر الأخيرة، بادرتها بوجه متأثر:

- لقد تعلّمتُ من إنسانة مؤمنة أنه إذا ضاقت السبل على المرء، وأحس بقرب انفلات الأمر من بين يديه فإنه يلجأ إلى خالقه قائلًا: (اللهم إني أبرأُ من حولي وقوتي إلى حولك وقوتك).

كان للعبارة الأخيرة مفعول السحر على الخالة حسينة، قامت بوجهٍ بَاكٍ، تَحَرَّكَ عَظمُها الرقيق إلى غرفة مجاورة، عادت بعد دقيقة بوجهٍ تمكنّت منه الحمرة وأرهقته الدموع:

- اسمع يا أسامة.. هذا الصندوق يحوي القلادة وهو أمانة لديك، ولن تسلِّمه لأبي بكر إِلَّا إذا قبل شرطي.

- نعم يا خالة.. هذا الأمر أصبح جليًّا، لن أسلم الصندوق إِلَّا إذا قبل الشيخ أبوبكر شرطك، ولكن ما هو ذاك الشرط؟

- شرطي أنه إذا سلَّمه الله وحفظه من تلك الشرور فإنه يترك عندها الترحال إلى الأبد، ويمكث عندي هنا في فاس حتى يغيِّبني الموت.

برز لي وجه أمي فجأة على غير موعد، عَبَرَ ذاك الوجه الحبيب كل الصَّحَارَى والبلدان والمسافات البعيدة على حين غِرّة، كلمات الخالة حسينة الدامعة المشفقة خِلْتُني أسمعها من ثغر أم أسامة، الآن أريد أن أكون بين أحضانها، الآن أريد أن أقبِّل رأسها، الآن أريد أن أُسعِدَها بقربي.

لكنِّي الآن أمام هذه الأم هنا.. هذه المشتكية مما تشتكي منه أمي، لا.. لن أتخلَّى عنها.. سأبذل ما أستطيع كي تتلاشى الحُرقة في عروقها، لم أملك إِلَّا أن أتسلَّم ذلك الصندوق بيدين مرتعشتين.

- أبشري يا خالة، لن أسلِّمه حتى يوافق على الشرط.. أبشري ولن أدّخر جهدًا حتى يعود إليكِ الشيخ أبوبكر سالمًا غانمًا.

موقفك هذا لن أنساه

خمسة أيام مضت منذ ارتحال أسامة برفقة يلتان، هل أنا أرسلته فعلًا في تلك المُهِمَّة المعقدة؟ هل كان من اللائق أن أُطلع غريبًا على كل تلك الأسرار الخطيرة؟! وحتى إن كان لائقًا فهل سيستوعبُ عقله تشابك تلك الأمور وغرابتها؟ وهل سينجح في اللقاءين؟ إذا نجح في الثاني فأنا سأشهد له بعبقرية فذَّة.. نعم.. غير أني أكاد أسمع اعتذاره عن عجزه في استخلاص ذلك الصندوق من حسينة.

هل اضطراب نفسي اليوم أصبح يريني الخلق أشد اضطرابًا، مكاني هو هو، أَجْلِسُ في حانوتي كالمعتاد، لكن ما ألمحه من حركة الناس لا تشبه ما ألمحه كل يوم.. ايه يبدو أن اعتراك دواخلي أخذ منِّي مأخذه!

فجأة حضر عندي وجه مألوف منهك يتصبب عرقًا.

- مَرْجَان!! أهلًا.. أهلًا.. ماذا دهاك؟! ما الأمر؟! اجلس.. اجلس.. استرجع أنفاسك.

رمى بنفسه على الكرسيِّ من أمامي، وبدأ يتنفس بصوت مسموع:

- يا شيخ أبوبكر جئت أخبرك بأمرٍ خطير.. لقد باغتتنا دولة السعديين، كان السلطان ابن أبي محلي يعدُّ العُدة لغزو فاس، لكن زيدان ابن المنصور استنجد بـ (أبي زكريا الحاحي) الذي استجاب له وجنَّد جيشًا عرمرمًا من بني حسان وبني جرَّار وغيرهم، وتقدم يؤم مُرَّاكِش حتى نزل قرب جبل (جليز).

هنا لاحظتُ أنَّ نَفَسَ مَرْجَان ضاق عن الاسترسال، قدَّمت له كأس ماء، فاستقبلها مباشرة إلى فيه، تجرَّعها على نحو مضطرب، وخِلْتُ أن نصفها قد انسكب على ملابسه.

- هدِّئ من روعك يا مَرْجَان، التقط أنفاسك.

- لا عليك.. أنا بخير.. بالأمس صُدم السلطان ابن أبي محلي بالخبر، فخرج اليوم بكل جيشه وعتاده متقدمًا ذلك الجيش إلى حيث توقَّف جيش الحاحي، وأظن المعركة ستقع بين لحظة وأخرى.

رغم أن حماقات ابن أبي محلي كانت ستعصف بمُرَّاكِش عاجلًا أم آجلًا إلَّا أنني قد صُعِقت بهذا الخبر المفزِع.

- يا عم أبوبكر جئتُ أُحذِّرك لتأخذ حيطتك.. لك أموال وبضاعة كثيرة في مُرَّاكِش وأنت تعلم ما يمكن أن يحدث حين تُجْتاح المدن.. سأعمل جاهدًا أن أسهِّل مرورك من

إحدى البوابات الجنوبية لمُرَّاكِش.. أنت صاحب فضل عليَّ ولن أتردد في مساعدتك بما أستطيع.

ساد الصمت لثوانٍ، أَخذْتُ نَفَسًا عميقًا، شبَّكت أصابع يدي اليمنى بتلك التي في اليسرى، ثم توجهت بنظراتي إلى مَرْجَان:

- شكرًا يا مَرْجَان.. موقفك هذا لن أنساه.. ولكنِّي لن أحتاج لأن أتحرك من مكاني، أستودعُ ربي كل ما أملك، ثم إني أعلم أن السعديين جاؤوا يستعيدون مدينتهم، فلن يتصرفوا فيها كالغزاة، ولن يستبيحوا ما تطاله أيديهم.. شكرًا يا بُني.. هذه الشهامة لن تُستغرب من مغاربيٍّ أصيل.

عبر ذلك الفضاء

عجبًا كيف ينطلق فؤادي وتنساب أنفاسي كُلَّمَا تركت العمران واعتليت ظهر دابتي واتبعت الدروب القفار؟! رغم ما يريح النفس خلفي هناك في مُرَّاكِش، إِلَّا أن رحلتي المفاجئة برفقة أسامة قد أعادت الاتزان إلى جوارحي.

يبدو أن دماء الطوارق التي تجري في عروقي هي التي تجعلني أستحسن الشقاء وشحَّ الماء وهجير الصحراء، أم لعلها دنانير الشيخ أبي بكر التي ما زال يتحفني بها كل ما أرسلني في مُهِمَّة خارج حدود مُرَّاكِش، أم رُبَّمَا هو قرص الشمس الذي بدا هنا أكثر وضوحًا لا سيما عند اقترابه من نهاية مسيره.

نعم هو ذاك.. قبيل أن يتوارى خلف الأُفُق يبعث لي برسائل اشتياقٍ تلامس شغاف القلب.. ويذكِّرني بتلك اللحظات هناك في (تامنراست)، اللحظات التي تقرِّب لي لِقاء القسمات الساحرة، القسمات التي لم تَرْضَ بصنيع والدها وأبت إِلَّا أن تبيِّن لحبيبها:

- يلتان.. لقد علمتُ بأمر ذلك القدر الكبير من الذهب الذي طلبه والدي.. تَعرِفُ يا يلتان أني لا أريد ذلك المال ولَمْ

أوافق على ذاك الطلب.. لكنه والدي.. والدي الذي تفاجأ بقبولي لك زوجًا فأبى إِلَّا أن تُقدِم مهرًا مكافئًا لابنة شيخ القبيلة.. فماذا عساك تفعل الآن؟!

- ميرا.. لا أُنكر أن مائتي قطعةٍ ذهبية ستكون أمرًا معجزًا لفقير من طبقة الأتباع مثلي، ولكني أعدك بأني لن أتراجع عن الظفر بكِ أبدًا.. نعم لن أتراجع حتى لو حَرَّقَتِ الرمضاء جسدي.. حتى لو قاتلتني الآكام وتراصَّت حولي الكثبان.. سأسابق المُهاجر من الطيور، وأرتحل مع ذرات التراب، وأُرهق أطراف دابتي لأجمع ذلك المال.. وأعود.

- سأنتظرك يا يلتان.. ميرا ستتحرى قدومك.. نعم.. ولا أريد من ذلك المال شيئًا.. كل ما أريده منك هو ما تشترطه ابنة الطوارق.. قصيدةً فقط.. قصيدةً تقرُّ بها عيني، وتطرب لها مسامعي، وتكون مهرًا لي.. نعم قصيدةً فقط وليس لي طلبٌ آخر.

ياه.. كيف نسيتُ أني لم أُنجز ذلك الشرط إلى الآن؟! رغم أني شرعتُ في كتابة أوَّلها إِلَّا أن آخرها لم أنظم حروفه بعدُ.. لعلي الآن وفي هذا الخلاء أُكمل ما تبقى منها، وأرسلها عبر ذلك الفضاء عسى أن تبلغ مسامع حبيبتي ميرا.

وشمســـي لا تبشِّــر بالصبــاحِ ولا ترنــو العيونُ إلــى الملاحِ
وَقطْــرُ الغيمِ لا يــروي عُروقي وطبُّ الشــرق لا يُبري جراجي
ولا يُغنــي عــن الظُّلمــاتِ بدرٌ ولا مســراي يُنجــي أو مَراحي
لِظبــيٍ مُفْــرَدٍ يشــتاقُ قلبــي لِبُعدي عنهَ يهجُرني انشــراحي
لعينكِ ســوف أَحتضــنُ المنايا وأَجعلُ من حُفوف الموتِ راحي
أَيَــا ميــرا إليــكِ أعــودُ حتمًا وعُقْبى العُســر تُفضــي للنَّجاحِ

لكنهم لا يعلمون

غادرتُ قصر البديع وأنا واثق من أنني سأرجع إليه، غادرتُ عرشي الوثير وأنا موقنٌ أنه سيعود قريبًا ليحتضن عظامي، غادرتُ بوابة القصر وكلِّي ثقة بأني سأنطلق منها قريبًا لأُعيد الكرَّة وأغزو فاس وأفتحها، طبعًا.. فهكذا بشرتني نافذة المصير التي لم تكذب عليَّ قَطُّ.

لا أُنكر أني قد تفاجأت بذاك الحشد الذي يقوده (الحاحي)، نعم جاؤوا على غير موعد ولكنِّي كنت أستعد لمثل ذلك اليوم منذ زمن طويل، رُبَّمَا جاؤوا بعدد كبير من أهل البنادق، لكنهم لا يعلمون أن حصيلة البنادق لديَّ تفوق ما لديهم بكثير، وهنا يكمن السبب الأبرز في تفوقنا عليهم، تقودنا الأحوال الرَّبَّانِيَّة، ويأبى الله أن يُؤذَى المهدي المخلِّص، وتجري على أيدينا الكرامات.

نعم.. فالرَّصاص لا يقع علينا إِلَّا بردًا وسلامًا.. هذا ما جعلني أقود جيشي بكل شجاعة واقتدار، ولا أرضى إِلَّا أن أكون في مقدمة ذلك الجيش، فهلمَّ يا أبا زكريا أخرج ما في جَعْبَتِك، وتعال نُذقك الموتَ الزؤام.

***

وكأن ذاك المتبجح، ذاك المتذلل لأبناء المنصور كأنه سمع عبارتي الأخيرة، فها هو كتابه يصلنا من وراء جبل جليز «من يحيى بن عبد الله إلى أحمد بن عبد الله، أما بعد فليست الأيام لي ولا لك، إنما هي للملك العلَّام، فالموعد بيني وبينك جليز، هنالك ينتقم الله من الظالم ويعز العزيز»[1].

(1) الاستقصا لأخبار دول المغرب الأقصى - الجزء السادس - ص 32.

على غير موعد

كنت أتمنى أن أُطيل المكوث قليلًا في فاس، أُشبع حواسي من جَمَالها وإبداع مبانيها، لن أرحل منها كسير النفس فالشيخ أبوبكر قد وعد برحلة إلى هذه المدينة في طريق عودة القافلة.

تذكرت عندها أن الشيخ كان قد ألحَّ عَلَيَّ أن لا يزيد غيابي عن أسبوع واحد، لكن ماذا عساي أن أفعل، حاولت جهدي، غير أنه هو من أكدَّ ضرورة أن ألتف من حول مُرَّاكِش في طريق عودتي وأدخل من أحد أبوابها الجنوبية حتى أتحاشى احتمال وجود حشود عسكرية بين فاس ومُرَّاكِش.

إنه اليوم التاسع وهذه أسوار مُرَّاكِش، كتلة تتقدم السور وتعلو عنه بضعة أذرع يتوسطها (باب أغمات)، دخولنا من هناك لم يكن منسابًا، الجنود هناك يبالغون في التفتيش والاستقصاء، كما أنني لاحظت اختلاف هندامهم عمَّا اعتادت عليه عيناي.

شوارع مُرَّاكِش لم تَهْدِ قلبي اطمئنانًا، التفتُّ إلى يلتان على الراحلة من خلفي:

- يلتان.. هل ترى ما أرى! كأن مُرَّاكِش تُخفي عنَّا سرًّا.

- صدقت يا أسامة.. جنودٌ لم ألمحهم سابقًا، يقفون مع بداية كل شارع، وعند نهاية كل زقاق، يبدو أن أمرًا ما قد حدث أو سيحدث هنا قريبًا.

أخيرًا وصلنا إلى نُزُل الشيخ أبي بكر الذي كان يجلس في مكتبه على عادته، لا يشبه وجهه الذي استقبلنا به ذاك الوجه الذي ودَّعنا.

- أسامة.. حمدًا لله على السلامة.. سامحك الله، ما كل هذا التأخير!! أخبرني.. هات قل لي ما الذي جرى مع الشيخ مبروك وأمي.. هل طاوعتك؟ هل أرسلت معك القلادة؟ قل لي الآن.

رغم أن الأسئلة المتراكمة في فؤادي عن حال مُرَّاكِش كانت شديدة الإلحاح، إِلَّا أنني احترمت لهفة الرجل على الأخبار التي ينتظرها مني.

- حسنًا يا شيخ.. كنت أتمنى أن أنقل لك أخبارًا طيبة، غير أن الشيخ مبروك حذَّر بشدة من خطورة تلاوة ترانيم الأَرْوَاح، وبيّن أنها إذا كانت بدون النافذة فستجر على صاحبها هيمنة الأَرْوَاح، وأما إذا كانت مع امتلاك نافذة المصير فإن المرء سيستحيل وحشًا كاسرًا، ولن يقاوم استخدام كل تلك الشرور انتصارًا لأمراض نفسه، والشيخ مبروك لا يرى مخرجًا إِلَّا بقطع الطريق على ذاك

المشعوذ داغر، ومنعه من استكمال جني الأَرْوَاح وخطف النافذة وإتلافها.

هنا سَيطَرَ الوجوم على الشيخ أبي بكر، ذَبُلَ وجهه، وانطفأت جذوة الحماسة في عينيه، وأخذ يهز رأسه متحسرًا.

- نقطع الطريق عليه.. كيف؟!! لقد استكمل ذلك الوغد حصد الأَرْوَاح ولا ريب.. لا حول ولا قوة إِلَّا بالله.

- استكمل حصد الأَرْوَاح؟! كيف ومتى؟!

- لقد حدث في فترة غيابكم يا أسامة ما يُذهِلُ العقل.. لقد جاءت قوات الدولة السعدية على غير موعد وخرج لها ابن أبي محلي متصدِّيًا، خرج لها ذاك المغرور مصدقًا بكراماته المزعومة.

كان في الصفوف الأمامية وما لبثت أن انطلقت الزخَّة الأولى من الرصاص باتجاهه حتى أصابته في رقبته مباشرة لترديه من على فرسه جريحًا، رغم إسعاف مَن حوله له إِلَّا أنه لم تَمْضِ دقائق قليلة حتى فارق الحياة، لكن للأسف رغم قصر زمن المعركة فإن الخسائر في الجانبين كانت كبيرة، وأظن داغر قد استكمل فعلًا حصيلته التي تحتاجها نافذة المصير.

وَصَلَ حزن نبرته إلى دواخلي، فبادرته بصوت كئيب:

- المعذرة يا شيخ.. يبدو أنني تأخرت كثيرًا.. صدقني لقد حاولت جهدي ولم أقصد أن أُخَيِّب ظنك.

- لا عليك يا أسامة.. لا عليك.. هات قل لي كيف كان لقاؤك بوالدتي وكيف رَجَعْتَ منها خالي الوِفَاض؟

عادت هنا الدماء لتملأ عروقي، انتصبتُ واقفًا بوجه واثق، وأخرجتُ القلادة وأبقيتها تتأرجح متدليةً من يدي.

- ومن قال لك أني رجعت خالي الوِفَاض؟!

كادت عينا الشيخ أبي بكر أن تخرج من محاجرها، ارتَسَمَتْ ابتسامة عريضة على ثغره، وقَفَزَ نحوي واثبًا ليتسلم القلادة، عندها ضممت يدي مبعدًا القلادة وقابلته بوجه حازم.

- ليس الآن يا شيخ، والدتك حسينة قد وضعت شرطًا لتستلم القلادة، وإلَّا فإني سأُعيدها لها هناك في فاس.

- شرط؟! وأي شرطٍ هذا؟!

اشترطت فور عودتك سالمًا أن تهجر الأسفار، وتمكث بجانبها في فاس حتى آخر أيامها.

رمى الرجل بنفسه على الكرسي من خلفه، أغمض عينيه، وأخذ يهز رأسه، رجع ليفتح عينيه بملامح حزينة.

- آه يا حسينة.. آه يا أمي.. لم أتوقع أن يسوء أدب ابنك الوحيد ليجعلك تضعين شرطًا تطلبين فيه أبسط ما تستحقين.. نعم يا أسامة لقد قبلتُ الشرط.

مخطوفة اللون

شتاتُ الأمر أكبر من أن يلمَّ شعثَه عقلي، أمواج الظلمات تتلاعب بنفسي المتعبة حتى قبل أن أتصدَّى لها، فؤادي المتردد لا يحسن بسط قبضته على الثابت من إدراكه، حواسي العاجزة عن معرفة ما يخبئه الجدار من أمامي تحاول فكَّ رموزٍ عُقِدَت أطرافُها في غياهب عالم آخر.

يجب أن أتوقف عن هذا وأصارح نفسي بضآلة حظوظي فيما أنوي أو لا أنوي القيام به، الذهاب جنوبًا وحيدًا سيكون انتحارًا، والذهاب جنوبًا بصحبة مجموعة من الرجال سيكون انتحارًا جماعيًّا، والذهاب جنوبًا بصحبة مجموعة من الرجال مع خُطَّةٍ محكمة رُبَّمَا يؤخر هلاك الجميع إلى أجل قريب.. قريبٍ يكفي لإحداث مفارقة ما.

لا فائدة، رَجَعَ عقلي إلى شتاته المعتم، على كل حال.. حتى لو تمسَّكنا بأشباه الفرص اليائسة فإنَّ أحدًا من أهل مُرَّاكِش لن يقبل أن يرافقني مختارًا إلى هناك، فهم يبالغون في الخوف من ذلك الجبل، حسنًا.. يبالغون أو رُبَّمَا يعرفونه على حقيقته؛ ولذلك فإن شجاعهم وجبانهم يتّفقان على استحالة الذهاب إلى هناك.

وهذا يعني أنه ليس أمامي إِلَّا أناسًا لم تَسْكُن قلوبهم الرهبة المسبقة حيال ذلك الجبل، ولم تمتلئ عقولُهم وأسماعهم بالشرور التي تتربع على تلك السُّفُوح.

آه.. هذا يعني أنه ليس أمامي إِلَّا ذلك الشاب المصري وصاحبه الشامي، وذاك القادم من عمق الصحراء.. ها.. هل أنا أعي ما أقول؟! باستثناء ابن الطوارق، فإن الشابين لن يشكلا لي سندًا يرفع حظوظي في تلك المَهْلَكَة، هما من أبناء المدن ولن تتحمل نفوسهم الهشَّة أهوال ذلك المكان.. لا.. لا أعلم.. لا يبدو أن أمامي خيارًا آخرَ.

يوشك أن ينطلق

يجتمع الشيخ أبوبكر مساءً بمجموعته التي اختارها القدر، أو هكذا كان يعتقد، يصطنع وجهًا مطمئنًا ويرسل إشاراته الصارمة لأطرافه لتحافظ على اتزانها.

- جنوبًا من مُرَّاكِش وفي مكان قريب لا يبعد أكثر من مسير يوم واحد، هناك من أثق برأيه وطالما أرشدني حين ينفلت أمري من بين يدي، وإني مع اضطراب أمن مُرَّاكِش فلن أخرج منفردًا أو متخذًا من أصحاب السفر دون عددكم، فإن كنتم معي في تلك الرحلة القريبة فسأكون مُمْتَنًّا شاكرًا بنفسي ومالي.

بعد أن تبادل الثلاثة النظرات مستغربين ذلك الطلب البسيط بتلك العبارات المناشدة، لم يكن منهم إِلَّا أن وافقوا الرجل على طلبه، واستعدوا لمغادرة مُرَّاكِش صباح اليوم التالي.

***

استمر المسير جنوبًا لنهار كامل، مع ارتسام الظلال عن يسار المرتحلين بما يساوي ضعف أطوالهم بدأت الأرض تعبِّر عن

قساوة أكثر من ذي قبل، وأخذت قتامة الصخور تزداد شيئًا فشيئًا، تَوَقَّفَ الأربعةُ عن المسير قبل اختفاء آخر رسائل النور، وأراحوا ركائبهم وأجسادهم متحلقين حول مصدر نورهم الجديد.

شَرَعَ الشيخ أبوبكر يخاطب أصحابه بما رتّبه في نفسه لهذه اللحظة:

- انظروا يا رفاق.. هناك إلى الجنوب، ذاك الجرم الشاهق المهيب، ما زال يلتقط بعض شعاع الشمس، هناك وعلى تلك الذُّرَى والسُّفُوح يوشك أن ينطلق شرٌّ عظيم، شرٌّ ضحَّى لأجله مائة مشعوذ بأَرْوَاحهم، شرٌّ يكاد يُذهب الأمن والطمأنينة من هذا المكان إلى الأبد، شرٌّ سينسف معاني العدل والإيمان، ويُقْصِي أهل الحق ويُعلي أهل الباطل.

لقد جِئتُ إلى هذا المكان لأستخير ربي في التوجُّه إلى هناك، فقد خصَّتني أقدار ربي بأن أكون الوحيد القادر على خوض تلك المغامرة الكبرى، لن تكون لديَّ فرصة أبدًا إذا كنتُ وحيدًا، ولن تكون الفرصة سانحة إذا كنت برفقة البعض، وحتى لو اجتمع معي العديد من أشداء القوم فإني أَصدُقُكم القول بأن نجاتي لن تكون أمرًا مضمونًا، غير أني لن أخاطر بأَرْوَاح الأصحاب، فكل من يأتي معي إلى جبل توبقال سيكون مأذونًا له بالرحيل إذا رأى الهلاك قد حلَّ بي وخاف على نفسه أن ينالها ما نالني.

صَمَتَ الشيخ أبوبكر لثوانٍ، وجوهٌ مخطوفةُ اللون تنظر إلى بعضها ولا تنبس ببنت شفة، فيكمل الرجل ما بدأ به:

- رُبَّمَا قال أحدكم في خاطره: لماذا لم تَخْتَر أحدًا من أهل هذه البلاد ما دامتِ الشرور ستختص هذه الديار دون غيرها؟ والحقيقة هي أن أساطيرَ تناقلتها الأجيال قد تركت في أفئدة الناس ما يحول بينهم وبين الاقتراب من سفوح ذلك الجبل، أَمَّا عن الشرور التي توشك أن تنطلق منه فما يدريكم أنها ستكتفي بهذه الأرض، فربما انتشرت تلك الأَرْوَاح لتوزّع شرورها في كل أصقاع المعمورة.

يكاد محمود أن يحرك شفتيه، فتأتيه إشارة من الشيخ بالتمهل.

- لن أستمع إلى أيٍّ منكم الآن، غدًا صباحًا ومع بزوغ الشمس سأنصت إلى رأي كلٍّ منكم، مُتفهِّمًا ومقدرًا ذلك سلفًا، ولكن قبل أن يأخذ أحدكم قراره، ويحزم أمره فلا بُدَّ أن يعلم الجميع أن قافلتي التي تعرفونها سوف تُقسَّم علينا نحن الذين سنخوض تلك المغامرة، قافلتي التي تساوي أكثر من ألف قطعة ذهبية.

حتى لو أفلحت

هل أنا أحلم؟! هل ما زلتُ نائمًا في بيت والدي في حُلْوَان؟ هل كل هذا الجنون ما هو إِلَّا أضغاث أحلام؟ آه.. يبدو أن كل تلك الأسئلة ليس لها إِلَّا جوابٌ واحدٌ، (لا) أنا لا أحلم، وهل إذا استوعب عقلي ذلك فهل سيستوعب جموح الأحداث ليُسمع ذلك الرجل جوابًا نهائيًّا مع بداية صباح الغد؟

نعم.. ولِمَ لا!! الرفض.. ولا شيء غير الرفض.. ومن أنا لأضع سلامتي على المحكِّ حمايةً للبشرية، حماية لمعاني الخير، لتعلم البشرية أني شابٌّ فقير أتيت من حُلْوَان لأجمع من المال ما يكفي لحفظ أرض والدي، وقد أنجزتُ معظم الأمر، فلم يبقَ لي إِلَّا أن أرجع وأُنقذ تلك الأرض فذلك هو واجبي.

لماذا عليَّ أن أكون فدائيًّا؟ هنا تذكَّرت أسامة، تذكرت كيف كان فدائيًّا وخاطر بسلامته لينقذني من موتٍ محقق.. نعم.. وماذا يعني ذلك؟! أمتنٌّ له وسأظل مُمْتَنًّا له ما حييت.

أما تلك الرحلة إلى توبقال فلن أتقدم فيها خطوة واحدة حتى ولو كنت من الرابحين، ماذا؟! الرابحين!! يا لحظهم، إنها جائزة

كبرى يسيل لها اللُّعاب، لقد ذَكَرَ الشيخ قيمتها فقط، لكنه لم يذكر أرباحها الكبيرة كل عام، آه.. أعلم أني حتى لو أفلحتُ في إنقاذ تلك الأرض في حُلْوَان فلن أعدوَ عن كوني ذلك الشاب الفقير، رُبَّمَا سأُسعد والدي لبعض الوقت، لكني لن أنعم بحياة الأثرياء ما حييت.

لا أُنكر أن العرض سخي، لا أُنكر أني أتوق لامتلاك المال، لا أُنكر أني راجعت نفسي مرارًا لمَّا تَصورتُني أحتكم على جزء من تلك القافلة.. ولكن.. لكني ما زلت أُفضِّل السلامة على متابعة ذلك الجنون.. لا أعتقد أنِّي سأُتابع جنوبًا.

فلماذا الخوف؟!

لم أخرج من الشام لأكون في هذا المكان، لقد كنتُ صادقًا مع نفسي، خرجتُ للتعرف على العالم، لمشاهدة البلاد ولخوض المغامرة، نعم حتى هذه مغامرة.. لكن شتَّان.

كما أني كنت واضحًا مع الشيخ أبي بكر، توجُّهي إلى الشيخ مبروك، ثم إلى والدته في فاس لم أكن فيه إِلَّا وسيطًا ينقل الخبر من هذا إلى ذاك، لم أكن مستعدًا للحظة واحدة أن أكون جزءًا من كل ذلك، نعم أنا لستُ جزءًا من مغامرة توبقال ولن أكون..، نعم لن أُرافق الشيخ أبا بكر، غير أني سأُصلي ليرجع سالمًا إلى أمه.

هنا تذكرت وجه أمي الحبيبة، تذكرت كيف تَطابَقَتْ دموع الخالة حسينة مع ما عهدتُه من دموع أم أسامة، بل كيف تطابقت ملامح الخوف والإشفاق والانكسار في هذا الوجه مع ذاك، كيف كادت تخرُ دمعات من مقلتيَّ حين لمست تشابه الحنين هنا وهناك، هل يستحق إدخال السرور على قلب تلك السيدة أن أدفع بنفسي إلى تلك المَهْلَكَة؟! مَهْلَكَة!! ولماذا أقول إنها كذلك؟!

لقد وضَّح الشيخ أنَّ ترك تلك السُّفُوح والرجوع منها لن يكون مستهجنًا إذا أحسَّ المرء بخطرٍ على حياته.. نعم.. فلماذا الخوف؟! خوف!! طبعًا هو الخوف.. فمن يضمن سلامتك وأنت في عقر دار الشرور؟ من يضمن رجوعك وأنت تحت وطأة تلك الأَرْوَاح؟!

نعم الأمر جِدٌّ خطير، ولن تُجدي فيه كثرة الغنائم، غنائم!! وليست أيَّة غنائم.. إنها قافلة الشيخ أبي بكر، الأشهر في الشرق والغرب، لا أُنكر توهج ذلك الإغراء في فؤادي، أن أكون جزءًا من تلك القافلة أجوب البلاد من أقصاها إلى أقصاها، وأزيد على ذلك بأن أجني كل تلك الأموال.. آه.. أَغْرِنِي أو لا تُغْرِنِي يا شيخ أبوبكر، لا أعتقد أني سأتابع جنوبًا.

مثقالًا راجحًا

ما علاقة كل هذا بحياة الطوارق؟! طَوَيْتُ صفحة اللُّصوص وقُطَّاع الطُّرُق، طويت صفحة اقتطاع أموال الناس عَنْوَةً، نعم طويت ذلك وأصغرتُ نفسي إكبارًا للشرف وللكسب الحلال، سخَّرتُ بدني حتى وقبل أن يتعافى، سخرته لخدمة الشيخ أبي بكر، رافقتُ الركائب في أمورٍ لا أفهمها لعلِّي أجني من الرزق ما يقرِّبني من الإيفاء بمهر حبيبتي ميرا، ألم يكفِ الشيخ أبا بكر كل ذلك؟! لماذا الآن يريد أن أذهب معه إلى تلك السُّفُوح الغادرة ليضمن هو سلامته، ويضحِّي بسلامتي؟!

تذكرت أمرًا كدت أنساه.. سلامتي.. وأين هي سلامتي لولا أنْ منَّ عليَّ الشيخ وأغدق عليَّ شهامةً حين رفض أن يتركني لأُلاقي مصيري المحتوم وسط رمال الصحراء؟ ألم ينتشلني من ذلك المكان رغم إقدامي على مهاجمة قافلته؟ ألم يحملني معه إلى مُرَّاكِش ليساعدني على أن أقلِّب رزقي بشرف؟ ألم يرسلني في مهام سهلة وضاعَفَ لي الأجر مقابل ذلك؟

نعم.. لذلك الشيخ فضل كبير، ولكن.. هل يكفي ذلك الفضل لأن أُلقي بنفسي إلى التَّهْلُكَة؟! الأمر يبدو لي أعقد من أن أتخذ

فيه قرارًا، إلَّا أن الشيخ قد وضع في الكفة الأخرى مثقالًا راجحًا، إنه جزءٌ معتبرٌ من قافلته.. نعم قافلته التي تساوي الكثير.. سأتزوج حبيبتي ميرا وأنعمُ بمكانة مرموقة وسط قومي وأُغيِّر حياتي إلى الأبد، نعم.. ذاك الأمر يجعل القرار أقل تعقيدًا، ويدفع النفس إلى أن تختار الأمر الأرجح، وأنا أظنني سأختار القرار الأرجح، ولا أعتقد أني سأرجع شمالًا.

ليس الوقتُ مناسبًا

يكاد صبري ينفد أو رُبَّمَا نفد تمامًا، لا أعرف لماذا تتلكأُ الأقدار؟ حتى ماردي الشجاع بدأ يفقد صوابه ويتدافع برُعونة بين ضلوعي، ليس عندي ما يهدئ من جنونه غير الانتظار هنا في (تامسليت)، تكاد مهلة الثلاث سنوات أن تنقضي، هل سأنتظر حتى تدركني نيران توبقال وتحيلني رمادًا؟! أَجلِسُ يائسًا وأُكرر توجيه النظرات إلى نافذة المصير، لا جديد، تَغُطُّ النافذة في سُبات عميق تاركةً سخطي ويأسي يتمدّدان في المكان.

ذاك الأحمق.. سفيان.. لوكان موجودًا لروى ظمأي من بعض تلك الأخبار.. لكنه لن يأتي.. نعم.. لن يأتي.. رُبَّمَا لأن قدميه لا تقويان على الحركة.. هاها.. أو رُبَّمَا قلبه كذلك.. أو رُبَّمَا أنفاسه تعطَّلت تمامًا.. كيف ارتَكبَ تلكَ الحماقة؟! كيف سوّلت له نفسه أن يلعب مع داغر؟! لا تلعب مع داغر أبدًا.. أبدًا.

***

أخيرًا جاءت النبضات التي طال انتظارها، نافذة المصير تهتز، بعض الصمت، ثم تهتز من جديد على نحوٍ متقطع، ثم ما تلبث

أن تزيد وتيرة ذلك الاهتزاز، الأرقام تتصاعد، وجهي الكئيب يأخذ في الانبساط ويرسم ابتسامة نادرة، ما زالت الأرقام تتصاعد، هل وصلنا؟ ليس بعد.

مزيدًا من الترقب، كدنا نصل.. نعم.. قليلًا بعد يا ابن أبي محلي، لا تتراجع الآن، أَرْوَاح قليلة بعد.. لا تتوقفي الآن يا نافذة المصير.. أرجوكِ، بعض الأَرْوَاح فقط.. تكاد العشرة آلاف روح أن تكتمل.

توقفت النافذة فجأة كما بدأت فجأة، سينفجر عقلي من عناد الأقدار، عدد قليل.. أقل من أصابع اليد الواحدة.. ليس الوقت مناسبًا لتتوقف النافذة الآن، لن أذهب إلى ابن أبي محلي مجددًا لأجل هذا العدد القليل، الغضب تملَّك ماردي الشجاع وإخاله بدأ يقطِّع أحشائي.

هنا التقطت أذناي اهتزازًا جديدًا، يبدو أن جَعْبَة النافذة لم تَخْلُ بعد، اهتزازات قليلة.. نعم لا أحتاج إِلَّا القليل، اهتزازات أكثر.. نعم.. ما هذا؟! هل أنا أحلم؟! لا أنا لا أحلم.. أحسنتِ يا نافذتي.. لقد وصلنا.. نعم.. وصلنا رغمًا عن الأقدار.. هاها.. وصلنا.. هاها.. هاهاها.. ما كل هذا السرور.. هاهاها.

أنا قادم يا أَرْوَاح المائة مشعوذ.. داغر قادم.. قادم وسأتلو الترانيم وأحرِّر عقد الأَرْوَاح.. وأطلق تلك الأَرْوَاح لخدمة سيدها.. هاهاها.. لخدمة سيدها العظيم.. نعم.. هاهاها.. داغر.. سيِّد الأَرْوَاح.. هاهاها.. هاهاها

أحكمتُ قبضتي

ها أنا ذا أسوق الْخُطَى تجاه توبقال، نعم إلى توبقال، رغم تأخر ذلك المسير، رغم تلكؤ القرابين، رغم عناد الأقدار أسوق الْخُطَى مُحَمّلًا بنافذة المصير التي اختزنتْ بين أضلاعها دماء وأَرْوَاح عشرة آلاف نفس، عشرة آلاف جُمعت بالكراهية، والجشع، وحب الذات، وأبشع أمراض البشر، نعم جُمعت ولن يذهب ذلك هباءً.

أخيرًا سنضع حدًّا لأولئك المرضى، سيأتيكم داغر الساحر الأعظم، سيأتيكم مَن تخدمه أَرْوَاح مائة مشعوذ، سيأتيكم من تخدمه نيران توبقال، سيأتيكم ليخلصكم من تلك الأطماع، ليخلصكم من ظلم القدر، ليخلصكم من تدافع الحمقى، سيأتيكم ليأخذ ما يريد متى يريد ومُمْتَنًّا على من يريد، نعم وسَيُنْعِم عليكم بأن تحيوا.. تحيوا كما يريد.. نعم.. هاهاها.. كما يريد.. هاها.. هاهاها.. هاهاهاها

***

لا أعلم لماذا يصبح ارتقاء السُّفُوح اليوم أكثر مشقَّة، هل للنافذة المعلقة في رقبتي شأن في ذلك؟ أو رُبَّمَا بدني الذي أغضبه تباطؤ الموت لثلاث سنوات متتالية، أم رُبَّمَا هي رهبة الوصول

إلى اللحظة المنتظرة، لحظة استئثار الباطل واندحار أدعياء الحق، لحظة انتشار الكراهية وانكسار الضعفاء العاجزين عنها.

أخيرًا أقف في المكان الصحيح، ها أنا أنتصب فوق هذا السفح المرتفع، نافذة المصير تخضع لقبضة يدي، وقمة الجبل ترمقني منتظرةً لتسجِّل اللحظة الحاسمة، ولم يبقَ إِلَّا أن أتلوَ عَقْدَ الأَرْوَاح.. نعم وسأبدأ الآن.

***

نسائم توبقال الباردة تلفح وجهي وتتلاعب بنهايات ملابسي، رغم صلابة نفسي وقسوة فؤادي، إِلَّا أن أسناني أخذت تُطقطق والرعشة تتسلل إلى أطرافي.

هنا حسبت أن ماردي الشجاع توغَّل إلى مواطن ضعفي وصرخ بدواخلي موبخًا، شدَدْتُ عظامي وأحكمت قبضتي على نافذة المصير وأغمضتُ عيني وشرعتُ أتلو:

(ميه اي يغبيل، يحوج بعاث، ميه اي زساجي، بجوزا، بجوزا شروقت، يحجباع يحد بغواث، زتاي ميه زتاي خبوث، سكاريش مخلوش).

لحظة صمت، ثم انفجارٌ قويٌّ شديد مُرْعِد، انفجار يصم الآذان وينشر الفزع، كأنه جاء من قمة توبقال.

فَتَحْتُ عيني لأجد ظنِّي في محلّه، ها هي الصخرة الكبرى على رأس الجبل وقد أخذت تتحطم وتتهاوى، كأنَّ شيئًا يدفعها

بعنفٍ من أسفلها، صدى الانفجار ها هو يرجع ليعيد الرهبة إلى السُّفُوح المحيطة، آه.. ما هذا الذي أرى؟!

يا لروعة وظلمة المشهد من أمامي، غيوم رمادٍ غاية في السواد، كثيفة مُعْتِمَة تبعث برائحة الجِيَف المُنتنة، تَشكَّلَتْ تلك الغيوم على عجل فوق قمة الجبل وجميع أطرافه المحيطة، قرص الشمس قد اختفى تمامًا وبدأت الظلمات في كسب معركتها، آه.. أَمَّا هذا الذي أرى الآن فيأخذ نشوتي إلى أقصاها.

الأَرْوَاح المائة لأولئك المشعوذين تتدافع من حطام الصخور على قمة توبقال، تتدافع متزاحمة، تتدافع على هيئة أفاعٍ مشتعلة عظيمة جِدًّا، تتلوّى حول بعضها سابحة في طبقات الجو، تتداخل في طبقات تلك الغيوم وتعود لتتلوّى حول بعضها، يتشكل برق صاعق في عمق تلك السماء الحالكة وينتشر هزيم الرعد، عندها تنتبه تلك الثعابين النارِيّة السابحة في السماء إلى أن سيدها يقف ليس بعيدًا، يقف حيث أكون.. لا بل هو أنا.. نعم أنا سيدك أيتها الأَرْوَاح نعم، إنه أنا.. هاها.. هاهاها.. الساحر العظيم.. هاهاها.

***

سرعان ما تخلّت الأفاعي الملتهبة عن مكانها فوق قمة الجبل، وجاءت ساعيةً على عجل لتعلن ولاءها وخدمتها لي أنا، لصاحب نافذة المصير.

بدأت تلك الكائنات المشتاقة لسيدها بغضب، بدأت تقترب مني أكثر وأكثر، تتزاحم فوق رأسي بفحيحها، أجسامُها النارية

مليئة بالأشواك والنتوءات الحَادَّة، وجوهها القبيحة أدخلت السرور إلى قلبي، أنيابها السوداء المفزعة أكملت معاني القسوة التي لم أنلها بعد.

مائة مشعوذ مُخْلِص أتواصل مع أَرْوَاحِهم جميعًا في الوقت ذاته، رُبَّمَا بدا الأمر مُربكًا، غير أن متعة ذلك الأمر تفوق الوصف.

(في خدمتك يا سيد الأَرْوَاح، نيراني ستحرسك دائمًا، بل أنيابي أنا ستمزق من يقف في طريقك، دعك منه.. أنا الذي سيحملك جسمي القويُّ في طبقات السماء يا سيدي وآخذك إلى حيث تريد.. يا لك من متباهٍ.. اشتقت إليك يا بُني، دعك منهم يا سيدي هناك من يجول في السُّفُوح المجاورة.. احذرهم يا سيدي، هل أذهب لإِحراقِهِمْ؟ احذرهم.. يا سيدي.. احذرهم).

- اخرس.. اخرس، يا لك من خادمٍ غبي.. تُفسِدُ على سيدك هذه اللحظة العظيمة.. هذه اللحظة الماتعة، نشوتي بلغت عَنَان السماء، وأنت تُزعجني بهذا التحذير السخيف، ومن ذاك الذي سأهتم لولوجه أطراف الجبل وأنا بهذه المنعة والقوة؟!

ثم.. إنَّك قاطعت حديث روح أبي.. إنها روح مراد.. ارجع وأخبرني.. هل أنت فخورٌ بابنك الآن؟! هل أرضى غرور المشعوذ فيك أن أكون أنا سيدك؟ نعم.. سيدك ولن أتهاون في حرق ما تبقى منك إذا خالفت أوامري.. هل تفهم ذلك؟

- نعم.. أفهم ذلك يا بُني.. أفهم ذلك يا سيدي، سأكون دومًا في خدمتك، ولكن.. ولكن أرجو أن تسامحني.
- أسامحك!! على ماذا؟! لا تُضع وقتي.. خَدَمي من الأَرْوَاح ينتظرون إشارتي.
- تسامحني على أنِّي فضَّلت عليك ذاك الولد من صُلبي، وأردتُ أن تكونَ أنت خطيئتي الأخيرة.

هنا دوّى انفجارٌ قويٌّ شديد تمامًا كالمرة الأولى، رأس الجبل هو مركز ذاك الانفجار، أَبرقَتِ السماء وأرعدت واختلط الهزيم برجع الصوت القادم من جميع الأنحاء.

قلبي يستشعر فاجعةً ما، القلق يسيطر على فؤادي الذي لم يَكْتَفِ بالسواد بعد، أَخَذَتِ الأَرْوَاح الملتهبة تتلوّى في الفضاء من فوقي، لحظات ثم ولَّت جميعها مبتعدة تسعى في السماء نحو السفح الشمالي.

لم يكن ذلك الخبر الأسوأ، فنافذة المصير التي أَحكَمْتُ يديَّ حولها أخذت تحاول التفلُّت، تحاول بشدة فأكون أنا أشد من ذي قبل، تفلُّتها أقوى من أن أقاومه طويلًا، وجهي يتقعَّر وأناملي تُخرِجُ أقصى ما عندها، ماردي الشجاع يأبى أن يتربع وسط ضلوعي متفرجًا، يمدُّ تأييده إلى أطرافي ليدفعني إلى كسب تلك المنازلة مهما يكلِّف الأمر، حصوات السفح من تحتي لا تُؤَمِّنُ لي معركة منصفة مع تلك القوى الخفية.

لم نسمع قرارك بعد

كأن الشمس قد أشرقت قبل موعدها لهذا اليوم، بعد أن شعَّ النور في المكان، وبدأ ارتسام ظل الأجسام إلى غربها شَرَعَ الشيخ يوجِّه نظراتٍ مستفهمة إلى رفقائه الثلاثة.

- ماذا يا رجال؟! هل حزمتم أمركم؟

يعم الصمت، يحدِّق كلٌّ من الحاضرين في الوجوه من حوله، دون أن ينوي تحريك شفتيه، يقرر الشيخ أبوبكر أن يكسر حالة الصمت.

- ماذا عنك يا أسامة؟! لنبدأ بسماع قرارك.

يُبقي أسامة فمه مغلقًا، وَيأخُذهُ بعضُ حديث النفس (ماذا!! هل حانت لحظة القرار؟ لقد نِمتُ البارحة دون أن أُحدِّد وجهتي الأكيدة، حسبتُني مِلْتُ إلى جهة ما، غير أن قرص الشمس الذي ارتسم فيه وجه الخالة حسينة، ونسمات الصباح التي ملأت صدري انتعاشًا دفعتا نفسي لتميل إلى)..

- نعم يا شيخ.. قراري هو أن أتابع معك جنوبًا.

هنا وثب الشيخ جهة أسامة بوجهٍ متهلل، احتضنه بحرارة، مكث كذلك بعض الوقت، ثم كال له المديح والثناء، بعد أن وقف بجانبه واضعًا ذراعه على كتف أسامة، ثم توجه إلى محمود بعبارته.

- وأنت يا محمود.. هل قررت في الأمر؟

أَخَذَتْ عينا محمود تتقلب، لم يُرِدْ أن يستعجل في الإجابة فبادرتْه خاطرة من ضميره (لم أُغمض عيني ليلة البارحة إِلَّا وقد أخذت قراري، من أين خرج لي أسامة؟! ذاك الشاب أصغر مني سنًّا وأقل اعتيادًا على حياة الشقاء، كما أن شرور الأَرْوَاح لن تصل إلى موطنه، ومع ذلك فإنه أبى إِلَّا أن يُغَلِّب الشجاعة.. أو رُبَّمَا يغلِّب حُبَّ المال، لا أدِعي أني أقل احتياجًا منه لشيءٍ منهما).

- طبعًا يا شيخ.. جنوبًا إلى توبقال.

يُطلق الشيخ أبوبكر صيحةً مدوية، ويدفع يمناه مسرعةً تجاه محمود الذي يمد يمناه بدوره لتتصادم الراحتان نافضة ما كان بهما من غُبار.

بعد أن أثنى الشيخ على قرار الشابِّ المصريِّ، ها هو ينشر ذراعيه على كتفي صاحبيْه ويسأل الثالث بقلب واثق:

- ها.. وأنت يا يلتان.. لم نسمع قرارك بعد.

يلتان يحافظ على ملامحه الجامدة، ويتريث مخاطبًا نفسه: (لقد أوشكتُ أن أكون أول الموافقين على السعي جنوبًا، حساباتي ليلة

البارحة لم تكن خاطئة، ولكن.. ولكنِّي لم أَتَوَقَّعْ أن يتجرأ أسامة ومحمود على مرافقة الشيخ، وأين المغنم الكبير إذا قُسِّمت القافلة على أربعة أشخاص؟ رُبَّمَا يمكِّنني ذلك من الزواج فحسب، ولكن الأمر يبقى في حكم الهلاك المحقق، وهل هناك ما يستحق أن تفنى حياتي لأجله قبل أن تجاور أنفاسي ميرا؟! لا.. تلك مغامرةٌ كبرى ولن يكون ذلك الثمن منصفًا).

- المعذرة يا شيخ.. أنا لن أكون معكم.

***

ثلاثة رجال يتقدمون جنوبًا، يولِّون وجوههم شطر جبل توبقال، خطواتهم حذرة، قلوبهم وجلة، يتخلون عن دوابهم مع تحول الأرض من تحتهم إلى وعرة قاسية شديدة التعرُّج.

المتابعة سيرًا على الأقدام تستمر باتجاه تلك القمة، مع بلوغ الشمس مكانها في كبد السماء تكون الأقدام قد اقتربت فعلًا من جسم الجبل، ارتقاءٌ عبر المرتفعات في محاولة للوصول إلى السفح الشمالي، يأتي هنا صوت أسامة:

- لم توضِّح لنا يا شيخ.. ما هي خطتك؟ ولماذا نرتقي الجبل الآن؟

- لستُ متأكدًا من خطواتي يا أسامة.. لكني أعلم أن ذاك البغيض قد ملأ نافذته بما يريد، ولا بُدَّ أنه سيأتي إلى هنا

ليوقظ أَرْوَاح المشعوذين، فرأيتُ أنَّ فرصتنا الوحيدة أن نسبقه إلى الجبل، ونأخذ نقطة كاشفة للمكان، لنقطع عليه الطريق ونمنعه من استدعاء الأَرْوَاح المائة.

هنا يتدخَّل محمود في الحوار:

- ولكن يا شيخ لماذا لا..؟

فجأة يدويّ انفجارٌ ضخم شديد يهزُّ أركان الجبل ويخلخل الأرض من تحت أقدامهم، تتناثر شظايا الصخرة العملاقة من رأس الجبل، تتناثر على جميع الأرجاء، ويرتجع الصوت ليخلع من القلوب ما لم ينخلع بعد.

تتكثَّف غيوم الرماد، تتراكم فوق توبقال لتحجب كامل قرص الشمس، وتُحيل الجبل وسفوحه إلى عَتَمَة حَالِكَة.

يبقى الثلاثة على أشد ما يكون من اندهاش ورهبة، المشهد من أمامهم لم يهدأ بعد، تنطلق أَرْوَاح المشعوذين إلى عَنَان السماء على هيئة ثعابين من النيران، تتلوّى خلال تلك الغيوم، زخَّةٌ من البروق تتبعها رعودٌ غاضبة، تنتقل الأَرْوَاح المشتعلة لتغير مركزها، تنتقل لتستقرّ في نقطة ما فوق السفح الشرقي.

يشير الشيخ أبوبكر إلى تلك الجهة مخاطبًا صاحبيه:

- انظرا هناك.. إنه خبر سيئ.. بل إنها كارثة.. لقد سَبَقَنا داغر إلى توبقال.. سبقنا ذلك اللعين وتلا ترانيمه

وأخرج الشرور من بطن الجبل، لا فائدة لقد سبَقَنا وسيطر على الأَرْوَاح.

الهلع بادٍ على وجه أسامة:

- ما العمل.. ما العمل إذن؟

يتكلم الشيخ بقسمات يائسة منكسرة:

- لم يَبْقَ لي إِلَّا أن أُربك الأَرْوَاح، هذا أَملُنا الوحيد، تراجعا إلى الخلف، ولا تترددا في أن تلوذا بالفرار إذا خَرَجَتِ الأمور عن السيطرة.

أَخَرجَ الشيخ أبوبكر القلادة، قربها من أنفاسه وشرع يقرأ ما كُتب فيها: (ميه يغبيل، بجزاي يدقوج، بطروش زحريق بطروش مزكال، زمروم ميه، جيثا بجزاي).

لحظةُ صمت، ثم ينطلق انفجار شديد قويٌّ مزلزل تمامًا كالذي كان قبله، ترتج الصخور ويعود الصدى، الشيخ أبوبكر ما يزال على هيئته، صاحباه تراجعا عدة أذرع إلى الوراء.

الأفاعي الملتوية في طبقات الجو بدأت تحول نقطة تمركزها، ها هي تتجه صوب السفح الشمالي، لم يستطع الشيخ إِلَّا أن تشخص عيناه، وينخطف لونه، ويُصاب بفزع شديد بمجرد أن رأى تلك الأَرْوَاح القبيحة تدور وتلتحم في الفضاء من فوق رأسه.

كأن الريح أخذت تشتد من أمامه، بل تُشكِّل تيار هواءٍ ساحب بدأ يتلاعب بأطراف ثيابه، يلتفت صوب جسمٍ مندفعٍ، فإذا بنافذة

المصير تنطلق قادمة إليه، تنطلق سابحة في الهواء وكأنها قد خرجت من فوهة مدفع، تتوجه كالصاعقة إلى حيث يقف الشيخ أبوبكر، الذي حاول تفاديها، فإذا بها تستقر فجأة بين يديه ليحكم قبضته عليها على نحو خاطف، سَقَطَت عندها عِمَامَة الشيخ أرضًا.

تناثر شعر رأسه الكثيف على وجهه وكتفيه، أشاح به جانبًا لتبرز عيناه اللتان اشتعلت وسطهما جذوة الشرور وأُعيد رسم ملامحه على نحوٍ سَكَنتهُ الشياطين وانتُزِعَ منه الإيمان، شرع يتكلم بنبرات لا تشبه صاحبها القديم:

- الآن أيتها الأَرْوَاح أَصبَحتِ خادمةً لي.. لقد كان ظنِّي في محلِّه، لم تستطيعي إِلَّا أن تكوني لي أنا، وهجرتي ذلك المتباهي هناك؛ لأن عقد الأَرْوَاح عندي يسبق ذلك المنعقد له.. أريدك أن تستمعي جَيِّدًا فعندي أوامر لك واجبة التنفيذ.

هنا كاد الخوف والفزع يبلغان حد فقد الوعي لدى أسامة ومحمود، بالغ الرجلان في الابتعاد ولكنهما لم يقررا الفرار بعدُ.

- أسامة.. هل لاحظت.. لقد جُنَّ الشيخ بمجرد أن تسلَّم ذلك الشيء الفضي المستطيل.

يجاوبه بصوتٍ خائف شديد الارتباك:

- طيب يا محمود.. صحيح.. وما فائدة كلامك هذا؟

- يجب أن ننزع ذلك الشيء من يد الشيخ فورًا.

- ننزعه!! هل جُننت.. رُبَّمَا استحلنا نارًا أو رُبَّمَا صخورًا.. لا.. لا.. يجب أن نهرب الآن.

استمرَّ الشيخ أبوبكر يخاطب أَرْوَاح المشعوذين بزهو واستعلاء، استمر يُمسك بأطراف نافذة المصير ويُحدِّق النظر فيها لترسم له طريق شهواته، بحركة مباغتة يتعلق كلٌّ من أسامة ومحمود في طرفي النافذة، ويبدآن جذبها بقوة من يد الشيخ، يقاومها وقتًا ليس بالقصير، يستميتان بجذب النافذة كأنهما أخيرًا سيفلحان في اقتلاعها.

فجأة ينفضُهُما الشيخ نفضةً عنيفةً طاردةً فيطرحهما بعيدًا عنه، وتبقى النافذة مستقرة بين يديه، يعود الرجل لمخاطبة الأَرْوَاح، يستعد ليأمرها بمهمتها الأولى:

- هيا أيتها الأَرْوَاح.. آمركم أن تحملوني في طبقات الجو.. أريد أن أشاهد جبال توبقال من السماء.. أريد أن أستمتع بمراقبة تلك القمة التي أصبحت تابعةً لي بحجارتها وأديمها ونيرانها.

خلال ثوانٍ تعيد الأَرْوَاح التحامها لتشكل وسادة عظيمة تحت سيدها الجديد وتتصاعد به عبر السماء وتسبح به فوق قمة الجبل ليشاهد المنظر من تحته بوجه مغرور متغطرس.

يتسرب من تحت أقدامه صوت تلك الروح الخاصة بـ مراد:

- بُني.. لقد فعلتَها.. أنا فخورٌ بك.. لا يمكن أن يتسيّد الأَرْوَاح إِلَّا مشعوذ من صُلب مراد.

يرد عليه بنفس الوجه المتغطرس:

- اخرسي أيتها الروح والتزمي بطاعة سيِّدك فقط.

بعد انتهاء الجولة الباذخة في الكبرياء تهبط الأَرْوَاح بتمهُّل لتُعِيد سيدها إلى حيث كان.

عيونٌ حذرة كانت تراقب ذلك المنظر، خطوات متحفِزّة تحمل بَدَنًا قويًّا تتسلل بين ثنايا الصخور، ذراعان فتيّتان تحملان حجرًا ضخمًا، هدف واحدٌ يعرفه ذلك الحجر، في غفلة من الأَرْوَاح وصاحبها تهوِي تلك الكتلة المدببة على منتصف نافذة المصير فتنزعها من يد الشيخ أبي بكر لتنطرح مكسورة إلى قسمين.

لون الشيخ يرجع مباشرةً إلى سابق عهده، عيناه تستعيدان لونَهما القديم، الأَرْوَاح تتلوّى فوق رأسه مرتبكة كأنها تنتظر شيئًا، هنا يتنبَّه أسامة وهو منطرحٌ أرضًا ويشير إلى الشيخ:

- يا شيخ أبوبكر.. هيا إنها فرصتك.. لا تُضِعها أرجوك.

أعرف مصيري

يرفع الشيخ رأسه إلى الأَرْوَاح، ويشير إليها بالسبَّابة متكلمًا بنبرة حاسمة:

- أيتها الأَرْوَاح آمركم أن تُتْلفوا ما تبقَّى من نافذة المصير، وتأخذوا نيران توبقال، وتختفوا إلى الأبد.. هل سمعتم إلى الأبد؟!

يستمر تراقص الأَرْوَاح في الفضاء، ترتبك حركتها وتتقاطع اتجاهاتها، وترتفع أصوات الهمس بينها، إلى أن يأتي من وسطها صوت حازم.. يبدو أنه يخص روح مراد:

- ماذا تنتظري أيتها الأَرْوَاح.. ألم تسمعي أمر سيدكم؟! هيَّا ننفذ أوامره على الفور.

تتوجه الأَرْوَاح إلى حُطام نافذةِ المصير وتحرقها مباشرة، ثم تنطلق النيران من أطراف الجبل لتتحد مع الأَرْوَاح وتشكل نارًا عظيمة أخذت تصعد وتصعد إلى طبقات الجو حتى تخترق طبقة السُّحب الرَّمَادية الكثيفة.. تستمر طبقة الغيوم السوداء في التشتت والتبعثر حتى تبدأ ملامح السماء من خلفها في الظهور من جديد.

الشمس وبعد دقائق معدودة أخذت تبعث برسائلها إلى المكان، السُّحب الداكنة انقشعت، الهدوء والسكينة تعمَّان المكان، بدّد النور كآبة الظلمة ليجد الرفقاءُ صاحبهم الشيخ أبا بكر قد هُرِعَ نحو السَّفح الشرقي، حركته المتدافعة تقوده شرقًا، خطواته المسرعة قصد بها إنقاذ أحدهم.

يصل ليجد داغر وقد تعلّقت ثيابه بطرف صخرة على شفا جُرفٍ سحيق ويكاد يهْوِي ليلقى مصيرًا محتومًا، لم يُعَجِّل به القدوم نحو داغر العفو أو العطف، بل وعدٌ قَطَعَهُ لأمِّه التي أوصتْه.

مدَّ يده تجاه ذاك الوجه المظلم، أَجهَدَ بدنه المتعب، أخذ يسحبه بمشقَّة بالغة حتى استوى ذاك المشعوذ واقفًا بجانبه، بادره بوجه غاضب مكفهرٍ مُتْعب:

- لماذا أنقذتني؟! كان يجب أن أموت.. هَلَكَ والدي وأُتلِفَتْ نافذتي فلماذا أحيا؟

- تحيا لتلقى مصيرك.

تَرتَسِمُ ابتسامةُ استهزاءٍ على وجه داغر.

- مصيري!! ولكنِّي أعرف مصيري.. فلقد أخبرتني نافذة المصير.

يرفع الشيخ أبوبكر حاجبيه مستفهمًا.

- حقًا.. وماذا أخبرتك؟

يطلق داغر هنا رجليه بأقصى سرعته باتجاه ذلك الجُرف، يقذف بنفسه ليبدأ بالسُّقُوط إلى أسفل الوادي، يصرخ بكلماته الأخيرة

- أخبرتني أنني في النااااااار.

يستمر ارتطام جسد داغر بالصخور وهو يهْوِي، يتهشَّم رأسه، ويتمزّق جسده، وتنتشر دماؤه على الصخور المحيطة.

يُطِلُّ الشيخ أبوبكر على ذلك المشهد المُفْزِع بتأَثّر، ثم يعود أدراجه ليجد أصحابه في انتظاره، يشير نحو أحدهم قائلًا:

- يلتان.. أنت إذن من قذف بتلك الصخرة.. عجيب!! ما الذي جاء بك؟

يجاوب مبتسمًا:

- لا شيء.. تذكَّرتُ أني عندما خرجتُ لأقطع الطريق كنتُ أسيرُ إلى التَّهْلُكَة لهدفٍ رخيص، فكيف لي اليوم أُحجم عن التَّهْلُكَة لهدفٍ نبيل؟! ثم إن ربع قافلة الشيخ أبي بكر ليست بالجائزة السيئة.

ربما نسيت

أَفتحُ عيني لأجدَني ملقًى على طَرَف أرض المعركة، بَصَرِي لا يلمح إِلَّا أقدام الجنود، أُذناي لا تلتقطان إِلَّا أصوات البنادق وصليل السيوف، طعم الدم أجده قويًّا، بقعةٌ داكنة أخذت مكانها أسفل رقبتي، برودةٌ تغزو جسدي، أطرافي لا تستجيب لمحاولاتي المُلِحَّة بالنهوض.

ما الذي يحدث؟! هل هذه هي نهايتي؟! هل هكذا تكون نهاية ابن أبي محلي شمس الزمان وسلطان مُرَّاكِش، لا.. لا لن تكون النهاية.. أنا لم أرتكب خطأً، نفسي المقدامة ما زالت تعجُّ بالأمل، ستصل، نعم ستصل كعادتها، ولكن.. ولكن كيف وها هي حشرجة الموت قد حاصرتْ أنفاسي وكأني بها وقد بلغتِ الحلقوم.

فهو الموت إذن.. لا.. لن أموت قبل أن أُدرك السبب، هل عاكستني الأقدار؟ هل أغرتني زخارف الدنيا، أم هل غَدَرَتْ بي نافذة المصير؟! أم رُبَّمَا نفسي!! نعم نفسي التي طالما تبعتُها فيما اعتَقَدَتْ، وانقدتُ لها فيما آمنتْ به، رُبَّمَا نَسِيتُ قبل أن أسير خلفها، رُبَّمَا نَسِيتُ أن أُصْلِحَهَا قبل أن أبدأ ذلك المسير.